U0054357

根

以讀者爲其根本

莖

用生活來做支撐

葉

引發思考或功用

獲取效益或趣味

心靈散步地圖

A Secret Map

作者 唐苓

生活的層層試煉，總是點點滴滴累積在心頭。
說出來，是釐清頭緒最直接的方法，是紓解壓力最簡便的方式，
也是建立與人感情交流、互信、互諒的基礎。
在與人對話的過程中，層層倒轉著回憶，抽絲剝繭，旁徵博引，
在邊說、邊釐清、邊認識自己和問題的過程中，
情緒變得清澈，問題變得清楚，也可能因此找到了切中關鍵的答案，
使你的人生變得寬闊，充滿更多的可能性。

心靈散步地圖

作　　者：唐芩
出 版 者：葉子出版股份有限公司
發 行 人：宋宏智
企劃主編：萬麗慧、鄭淑娟、林淑雯、陳裕升
媒體企劃：汪君瑜
活動企劃：洪崇耀
責任編輯：姚奉綺
文字編輯：王佩君
美術編輯：泫設計工作室
封面設計：陳杰湘
印　　務：黃志賢
專案行銷：張曜鐘、林欣穎、吳惠娟
地　　址：台北市新生南路三段88號7樓之3
電　　話：(02)2363-5748　傳真：（02）2366-0313
讀者服務信箱：service@ycrc.com.tw
網　　址：www.ycrc.com.tw
郵撥帳號：19735365　　戶名：葉忠賢
印　　刷：鼎易印刷事業股份有限公司
法律顧問：北辰著作權事務所
初版一刷：2004年7月　　新台幣：250 元
I S B N：986-7609-24-7

心靈散步地圖／唐芩作.—初版.—
臺北市：葉子,2004〔民93〕
面；　公分.—（忘憂草）
ISBN：986-7609-24-7（平裝）

855　　　　93006276

總經銷：揚智文化事業股份有限公司
地址：台北市新生南路三段88號5樓之6
電話：（02）2366-0309　傳真：（02）2366-0310

作者介紹

唐芩

淡江大學建築研究所碩士

中華大學景觀建築系兼任講師

曾任雜誌主編.

目前為自由作家，從事人文研究及空間設計。

喜愛與人閒談，愛接聽電話，常跑咖啡館，專門探討現代人心靈層面、生活價值與感情問題，對於空間人文藝術、植物園藝、養生美容也頗有研究。

出版作品:

心靈智慧系列:《上班族嘰咕手記 I》(發行中國大陸版)

《上班族嘰咕手記 II》(發行中國大陸版)

《空間怪手抓蟲記》《KI MO GHI抓蟲記》

《心靈勁補湯》《真愛，要用心去追求》

《喜渡人生多惱河》《用心去做就對了》

《享受幸福要趁早》《為愛投保智慧險》

養生美學系列:《美容養生花料理》(2003.4博客來網路書店飲食健 康類精選新書暨編輯推薦書)

《養生元氣花草茶》

《煲湯享瘦》(雜誌旅遊貳週刊飲食男女單元2003.4採訪)

《米食養生十全大補粥》《麵食料理王》

《鮮採窈窕沙拉》《我的香草花園》

建築景觀專業作品:《懶人植物》(誠品書店2002生活風格類銷售排行榜暢銷書，發行中國大陸版)

《吉祥植物》(發行中國大陸版)

《超好種室內植物》(發行中國大陸版)

《建築空間快速設計專輯》《南台灣熱帶花園風情》

另有多篇文章刊載於《聯合報》、《勁報》、《旅遊貳週刊》。

心靈影舞

這本書，是我多年來寫過最長的一本書，以它的長度，頗能符合本書書名的旨意。

決定要寫有關「說話」的書，最大的因素，該算是我是個話多，又熱衷聽人說話的人，我的生活，一直和說話有密切的關係。

隨時隨地的，就是喜歡說說話，不為相信什麼，不為傳揚什麼，也不為反駁什麼；穿插著，我也喜歡聽聽別人說的話，瞭解另一個生命的快樂、煩憂、渾沌與崇高。

平均每天，我都會接到幾通為了「談心」而打來的電話，收到幾封談著自己也關心我的E-mail，每週，我至少上一次咖啡館是為了和某些人碰面、聽他訴說內心的事。我投資了許多的時間和金錢在這裡，我感覺非常值得。

這不是迷戀心理分析或探人隱私的單純樂趣。面對龐大而深奧的生命，有太多事情，不是自己一個人能掌握的，有許多混雜糾結的情緒，光憑自己難以平衡。

說出來，是釐清頭緒最直接的方法，是紓解壓力最簡便的方式，也是建立與人感情交流、互信、互諒的基礎。在

與人對話的過程中，層層倒轉著回憶，抽絲剝繭，旁徵博引，在邊說、邊釐清、邊認識自己和問題的過程中，情緒變得清澈，問題變得清楚，也可能因此找到了切中關鍵的答案，使你的人生變得寬闊，充滿更多的可能性。

有社會批判學家曾說，現代城市是冷漠的，而城市裡的人和城市的建築物一樣，表情生硬而呆滯。

我想，這些批判學家不夠關心市井小民驚人的「語言質量」。與其說，現代人普遍罹患的焦慮、疏離、精神官能等病癥，進而產生生理的疾病，是由於冷漠造成的。事實上，以資深的都會居住經驗而言，我所見到的，反而是現代人是多麼不願意孤獨，多麼需要知己，多麼想說說什麼，多麼需要聽聽什麼，才使得城市充滿活力，那麼地擁擠、那麼地嘈嚷。

城市人多麼熱情，多麼「吱吱不倦」。每當我戴著耳機沈浸在音符的湧動中，卻仍看見街頭巷尾、茶室、咖啡館裡，一張張忙著開開合合的嘴。傾訴著心情，傾訴著疑慮，傾訴著快樂，多麼美好的社交活動，和我一樣喜歡喝杯茶，來杯咖啡，找人聊一聊的人，每天何止千千萬萬。

這年頭，精神病患太多，需要大量專業的垂聽與開導，但是，不是所有的人對自己的心靈都有「識病感」。有許多人，不認為自己

有病，他們不去求助專業諮詢，卻說出許多有病的話。唯一可喜的是，因為他們懂得傾吐，在不知不覺中，抒發出心裡病態的想法和糾結的情緒，也連帶的把壓力紓解開，獲得安慰，有時候，遇著的聆聽對象若是個頗有智慧的傢伙，還能因此得到不錯的建議和協助呢，這些種種的價值，足以治好許多隱性的精神病患。

抗憂鬱，是現代人共同的課題。每個人生活中，多多少少都會有一些壓力和不順遂，這些，都只是一個時間點上的問題，如果，當時身邊有個好朋友，訴一訴苦，安慰一下，就能過去了。當你一個人，對著某些事情，某些情緒，感覺到力有未逮的時候，就是該找人聊聊的時候了，快把心事拿出來晒晒太陽。常常關心你的心靈版塊，是否因為情緒地震而分崩。多多地去傾訴，傾訴能使人活得更健康、更積極、更長壽。而相對的，多多聆聽，也可使你增廣見聞，赢得豐盛的友誼和信任。像是定期參加一些聚會，就是我長期來維持健康的一項重要方法。還有什麼會比心靈投資更超值的呢！

準備好了嗎?要當彼此的心靈捕手了嗎？一起說說，聽聽吧！本書將使你更瞭解口舌的力量，藉由各種傾訴技巧和聆聽的獲益，通達更美滿的人生。

目錄

後記

喝茶配話

人與人之間，最輕鬆的社交方式，就是聊天。

聊天，像是一塊黏滿各種材料的比薩，也像是揉進多種穀類的雜糧麵包，吃過後，你已不太記得裡頭所有的材料，你只有這樣的印象：看似繽紛精彩，回味起來是五味雜陳。

聊天的時候，可以上天下地的漫談，任何事情都可以說，但都不會太深入，能夠帶點情緒、放點主觀成見，隨意地評論幾句。有時候，說話配茶，有時候，茶多過話。

聊天的人，很清楚彼此只是在「聊天」，沒有特別的目的，沒有特別的祈求，無需太講究措詞的精確度，為的只是「放輕鬆」。而放輕鬆，也是一種調整情緒的能力，不是每個人都懂得如何「自然地」放輕鬆。

曾經有一位想要參選鄉長的林先生，他不僅熟悉地方行政事務，且學歷高、個性老實、做事認真，而且守法，幾乎是無懈可擊。

在競選活動開始時，另一位競選者陳君，以挨家挨戶的拜訪寒暄，尋求鄰居的支持。這位林先生，每天出門也面帶微笑，見人就打招呼。他認為自己的條件比另一位參選者優秀多了，絕對有勝算可以當選，所以每天都睡得很安穩。

競選的結果公布時，他落選了，而且票數比勝出者相差很多票。林先生的太太很不解，她暗中問鄰居，為什麼不投票給她的先生，鄰居的反應多半是：「我們和他又不熟，平常也沒有一起『聊天』過，怎麼選他？」

可以見得，在講究人情的社會關係裡，聊天，是建立親切感和互相認識的重要步驟。平時的一句：「有空來聊聊吧。」不僅能讓對方感受到你的友善，拉近彼此的距離，同時也不會給人「有特殊目的」的遐想。

我和工作上的同事，平常也多靠聊一些工作以外的話題來維繫私交。就事論事的言論，往往是僵硬生澀的，利用一杯午茶的時間，隨意聊聊換季拍賣、髮型、旅遊或是速食店推出的新口味，就像是為感情添加「柔軟精」。

我的許多工作靈感，也是在聊天的輕鬆氛圍下冒出來的，輕鬆的時候，頭腦特別清澈靈活，偶有意想不到的驚奇創意。

不過，這畢竟只適合作為間奏式的調劑。

在有人陪伴、熱熱鬧鬧的氛圍中，誰也靜不下心來仔細思考什麼。話題雖然很多，但往往談論的都是事不關己的風花雪月。如果，每天都花很多時間這樣打轉，看似輕鬆愉快，卻缺乏深度。

如果，你是個害怕獨處的人，經常投注時間和精力與人閒扯漫談，那麼，你可做以下這件事，讓花掉的時間變得更有價值一點：

每一段聊天的空檔，先讓自己沈靜片刻，回想一下剛才與人聊的五花八門裡，有哪件事情讓你特別有感觸？有哪件事情值得你學習？

去用力感覺一下，花一點時間，讓感動延伸、發酵，並隨手記錄下你的心得。

經過一次次的聊天，你做成一頁頁的短記，然後集結成一本「聊天私札」，一本有深度的心靈剪貼簿。

那些對別人來說，也許只是閒聊的小話兒，透過這樣的咀嚼與整理，都能轉化成你的人生智慧。

另則，以「陰謀論」的角度來看，有時候，和某人「聊天」，也可能是一種「演出」的形式。小心喔！他對你談話的內容，可能是經過事先設計過的。對方藉由聊天表面上輕鬆的氣氛，在你不設防的狀態下，他要「輕輕鬆鬆地」攻佔你的心房。所謂「滴水穿石」，有意安排的聊天內容，長期下來，也可達到思想的催眠與滲透。

像是朋友July和她的丈夫，原本打算這輩子就過「頂客族」的兩人人生，但是，先生的父母卻想要有孫子，所以每回見著她們小倆口，就催促他們快生孩子。

一連幾年催促下來，都沒有結果，於是婆婆疑心的問兒子：「是不是你老婆不會生啊？還是，你有問題？」還買很多補藥要給他們補身子，又搬出「無後為大」的大帽子，向他們施壓。

加上July的丈夫有四位姊姊，她們看父母盼孫心切，又經常為此長吁短嘆的，所以她們採取「連橫」策略一起來敲邊鼓，每當其中一個姊姊遇到弟弟和弟媳時，便刻意地和她們「聊」起生兒育女的話題，大家輪番向他們疲勞轟炸：「快生孩子吧！」「快生孩子吧！」

被煩久了，July和丈夫也有些迷惑了，最後他們「乾脆」生一個孩子下來向父母「交差」。

有了孫子可以「傳遞香火」，公公婆婆總算放心，可以向列祖列宗交代了，他們移民美國說要去養老，孫子留給這對小夫妻自己照顧。July和丈夫原本憧憬的兩人人生，從此變了腳本，陷入繞著孩子團團轉的生活。

看似毫無殺傷力的日常聊天，若是經過「精心的」設計，其實，也可能引發意想不到的大效應。

和對的人談心

有一天深夜，我正在瀏覽隔日上課要放映的圖片，夜闌人靜，時光幾乎凝結不動，隱隱約約，還可以聽得到自己的呼吸聲。在都市的生活裡，這可說是最奢侈的時刻。

突然間，電話鈴響起來，深夜來的電話總讓我心頭不安，很快地接起來，是Lisa打來的。Lisa是位進口傢俱商，也為客戶作室內設計的服務。電話那頭她告訴我，她和客戶談生意談到這麼晚，一樁昨天說好要作的工程，剛才約好碰面要談定細節，沒想到討論到最後，對方卻說不要做了。

「從下午我就開始和他談到現在耶，看看都幾點了，我的老天，他們竟然輕鬆說句『不好意思』就算了，真是他媽的不講信用！不尊重專業！」Lisa沮喪又急躁的聲音，使我想到故事書裡一隻迷失在深夜叢林裡的兔子，牠迷路了一整天，在半路上遇到大野狼假裝要為牠帶路，其實是想吃掉牠。小白兔又累又慌，不禁坐在月下哭了起來。

Lisa是個敬業的女人，她的家也需要她努力工作來維持。我可以想像她在回家的沿路上，不僅要面對失了業務的挫折情緒，還有一個更大的挫折正在路的盡頭等著她——她那見錢眼才會開的老公。

我始終為那通電話的最後幾句感到心疼，Lisa幾乎用呼求的語氣說：「我要怎麼回去面對我那一大家子！？我的兩個孩子和老公，他們會有多失望！尤其是我老公，他一定會罵我笨、沒有用！每次只要我的工作一不順利，我

們兩個就會吵架。」

有時候，連伴侶都是很現實的；或者該這麼說，有些伴侶，能同甘但不能共苦。

Lisa的家庭是「由經濟決定大小聲」的，太太事業得意時，先生就很溫馴低調，太太要是一陣子沒收入，他就冷言冷語，發飆胡罵。所以愈是低潮時，Lisa愈是不能得到安慰。

這真是苦悶，你愛的人，你認為親密的人，卻不是一個能談心的對象。你的脆弱，你有時候的無能，都不能舒坦的在他面前呈現。

Lisa十多年來，日子一向都是這麼過的。我曾問她：「你為什麼要忍受這種伴侶？為什麼非他不可？」Lisa說她還沒有準備一個人生活。這次，我建議她回到家後，不要再開口向丈夫說那麼多了，更不要向他訴苦。

不關心你的心的人，就不要多費唇舌去向他談你的心，否則，你可能愈談愈心煩。

尤其是當你已盡了力，就不需要愧疚得像是做錯了什麼事，更不應任由不體貼的人來諷刺和戳傷。你此刻需要的是安慰、是休息，如果真的沒有人會安慰妳，至少，要懂得善待自己，讓自己先休息一下，靜一靜。

小莉是另一個對婚姻軋然的女人，她曾感嘆的說：「每次我一想到我的丈夫為什麼不能理解我，聽不懂我的話，而且是根本沒用心在聽我說話，甚至還會扭曲我的意思，每次一想到這裡，我的胃就開始抽痛。」

在許多實際的例子裡，都會發現這樣的事實：你的「心」，也許不能跟你最愛的人「談」。

你所愛的人，只是因為你愛他，他不一定愛你；即使，他也愛你，卻不一定就會用你期待的方式來撫慰你。這聽來令人沮喪，但事實確是如此，許多配偶會在彼此的傷口上撒鹽，或是上藥時上錯了位置。你愈對他傾訴心情，愈是會發現原來你們倆之間，還有這麼大的距離。

有句荒謬卻很真實的句子這麼說：「上帝喜歡把兩個人湊在一起，卻又讓他們彼此像野獸般撕扯！」這是愛情中隱藏的「個人自私」在作祟。在親情、朋友或同事的關係之中，這種情形時有所見，你信賴的人，他不一定就有心去瞭解你，他有時候連聽你把話說完的耐性都沒有.

所以，心痛的時候、心累了的時候、困惑的時候、想談心事的時候，去找會撫慰你的人，而不是你愛的人；去找有溫柔心地的人，而不一定是看起來和你關係親密的人。

在自然法則裡，每一顆種子，都有它各自的奧妙，季節對了，便吐露新葉，而且生長得很美麗。你的內在，也有些想吐露的部份，時機對了，對象對了，心情也將得以從陰暗，轉變為璀璨。

能夠找到適合的對象談談心、訴訴情，即使彼此暴露自己的痛苦和困惑，但是壓力得到抒發，宣洩得到撫慰，一場看似由一堆不幸的話題堆砌綿延而成的話局，卻能讓你感到如釋重負，無比地暢快。

不要去屈就「庸醫」，心病了，就像化膿的瘡包，要尋找「良醫」，一點點地把濃擠出來，直到擠乾淨了，發炎的情況才能改善。

有些人，你能和他談事情，就事論事。但也有些人是可以和他談心，觸及內在

的。小心、耐心的尋找，否則你的心，寧可美麗地收藏著，無須徒惹塵埃。

你真行、你最棒

從很小的時候開始，我們就被教導學習「拍手」。

你唱首歌，我為你拍拍手，我來跳支舞，換你為我拍拍手。因為有讚美、有掌聲，我們肯定彼此，也肯定自己的能力。即使表演的不好，老師還是會要其他同學為你鼓掌，為你加油，所以掌聲代表著優越感與感情，只要聽到有人為你鼓掌、為你喝采，心裡就會覺得好快樂。我們甚至會把家裡的好東西、好玩具，拿去展現給同學看，自己突然成為大家眼中的小巨人、小王子、小公主，炫耀，使我們的心靈虛幻的茁壯。

然而，長大後，你漸漸發現社會上沒有所謂同情的掌聲。掌聲和讚美變得很嚴肅，不是用感情就能交換來的，多半是要靠你以實力和包裝去「爭取」。

你得把自己的才能彰顯出來，別人才會注意到你、重視你，也許有時候，你發現自己在一群人當中毫不出色，既沒有顯赫的家世背景，沒有錢財萬貫，工作表現也平平凡凡，大家對你毫無反應時，你感覺到失落、提不起勁。這是因為在不知不覺中，你已依賴著別人的羨慕和讚美的話，來評斷自己是否幸福，你甚至常常希望聽那些話「你好行！你好優秀！你好棒！」才能感覺到自己幸福快樂。

你懷念小時候掌聲響起的歡欣愉悅，你希望仍然有人會把發亮的眼神投注在你身上，你甚至注意到，有些人編織自己的身世、誇大自己的成就，他炫耀自己

杜撰出來的幸福，為的，也許只是那種被尊重、被讚美的幸福感。

像是業務員東瑞，就是個很不甘於平凡的人。他認真工作，一部分原因是因為紅利，一部分則是因為他要別人尊重他、欽佩他。同事對他說「你好棒！你是超人！」之類的話，是促使他更努力衝業績的春藥。除了工作之外，生活裡只要一有值得炫耀的好消息，他便會立刻像廣播中心一樣告知親朋好友，然後等著接受他們的驚嘆與讚美，看著別人流露羨慕的神情，帶給他很大的滿足感。因此，他常常在自己的生活裡挖掘可以拿出來吹噓的事物，從成長的角度來看，他也時時督促自己要更進步、更優秀，才有得自吹自擂。

這可算是虛榮心為他帶來的正面效益。但是，他身邊的妻兒、親人和朋友，卻總是得捧他的場，要擺出一副很專心聽他說話、很欽佩他的模樣。久而久之，大家都不再喜歡和他交談。

曾經有一度，東瑞他為公司銷售出好幾部單價上百萬的精密儀器，一時之間，成了老闆眼中的紅人，不僅加薪又升官，還逢貴人引薦，擔任同業公會裡的要職，那年他聽飽了各式各樣的奉承阿諛，人看起來更是春風得意。再加上他的妻子賢慧美麗，孩子也都是名列前茅的高材生，他逢人就誇耀自己對事業和家庭多麼會經營，還要大家多跟他學習。

不過，俗話說：「花無百日紅，人無千日好。」，驕矜自恃、愛吹噓炫耀的習慣，使得他失去了一些好友，也失去了靈敏的危機嗅覺。

公司因為股東意見不合，要將經營權轉手，東瑞和其他幾位資深員工雖然被留任，但新的董事會並不器重他，他負氣離開後，一年多來，始終還沒找到滿意的新工作。

昔日風光不再，身邊逢迎嘘捧的朋友也都各自散去，東瑞的氣餒，漸漸轉為氣惱，心情很低落，常常對太太和小孩發脾氣，原本和和樂樂的家庭，現在氣氛變得很沈悶。他也愈來愈不喜歡出門，因為每次出門若是遇到鄰居、朋友，有人善意的安慰他、同情他，他愈覺得自己像是一隻戰敗的獅子，抬不起頭來。

過度的依賴讚美和掌聲，使東瑞面對一點點挫折和不如意時，就很容易產生「精神陽痿」。

東瑞過去畢竟靠的是自己的實力來贏得掌聲，而也有例子，是依附旁人的成就來墊高自己。一位年輕的少婦，她的先生在事業上頗有成就，生活經濟條件很富裕。每年她的生日、結婚紀念日，先生都會記得買貴重的珠寶手飾送給她。隔天，就見她珠光寶氣的全穿戴在身上，還邀集朋友來作客，在他們面前揮來舞去地吸引目光，聽到大家驚嘆的說：「好美啊！」「很貴吧！？」她就會非常的開心得意。

這種依靠別人的成就來炫耀娛樂的人，在無形中，也帶給身邊人極大的壓力。大家都羨慕她的優渥幸福，有些人回去責難自己的配偶，有人消極的哎嘆自己遇人不淑，而她的丈夫，更是要戰戰兢兢地維持高收入，才能滿足她的虛榮，讓她「快樂」。

一個擠身進入台灣一流大企業的年輕工程師，也陷入這種處境。他在這企業公司工作一年後，發現工作性質和他的志趣不相符，而且，工作本身還具有高危險性，每天工作時間又很長，再加上公司福利不如預期的好，多重理由之下，他很想辭職另尋出路。

聽他說想要走已有好一陣子了，但是兩年後，我再遇見他，他竟然還待在那企業裡做事。

「不是說過要離開嗎？」我不禁問他，

當初他連辭呈都寫好了。

「我現在還是很想離開那兒啊。」他的鬱鬱寡歡倒還是和以前一樣，話說得如此無奈。

「我也很猶豫，應徵過有些公司要錄用我，我對那份工作有興趣，但是回過頭又考慮到，我現在待的公司名氣比較大，這樣我父母在親戚朋友面前比較起來也比較『有面子』。」

原來他的父母非常喜歡和別人比較誰的孩子最優秀，一是比學歷，二是比公司名氣，三是比薪資待遇。身為孩子，一番孝心，想要滿足父母的炫耀心理，卻讓自己天天得隱忍這種工作痛苦。

每當我再聽到有人提到自己的某某人擁有高評價的社會地位和頭銜時，總是不禁感嘆虛榮的言論害人不淺。

「我先生是主治醫師。」

「我媽媽是國中的校長。」

「我兒子是博士，在大學當教授。」

「我二叔是大地主，你現在看到的都是他的地。」

「我男朋友年薪百萬。」

炫耀式的「比一比」，只是一種虛榮的快感。但是，想一想，你愛炫耀的習慣，帶給身邊的人多大的壓力？如果有一個人，他真的很愛你、很在意你的感受，他真的會因為你茶餘飯後的虛榮樂趣，犧牲自己真正的理想和快樂。那些你愛的、愛你的、在乎你的人，他們為了讓你風光、有面子，也許正在做著他們不喜歡的事情。你真的忍心嗎？

有時候，做一只拼命充氣的的氣球，乍看起來又圓又亮、飄在高處，讓大家仰望你、追逐你，固然飄飄然地很有快感，但是，虛榮如氣球，彈性是有限度的，虛灌猛吹，到時候漲破了、被戳破了、洩氣了，會變得多麼難堪。

不要毫無判斷力地，一直不斷地給予別人不適當的掌聲，帶給對方壓力。

也不要因為聽到別人掌聲，就對自己的人生失去了判斷力，走上了別人期許的路。

多數的時間，不如做一顆紮實穩重的鉛球，每次一拋出，都創造出一個實實在在地的痕跡，那才是無須刻意炫耀的光彩。

坦白是為了別人還是自己

世界很遼闊，但人際網絡是流動的。以為一輩子不會再碰面的人，也許哪一天又在狹路相逢。

一個並不很熟絡的國小同學，有一天忽然打電話給我。經過那麼久的分離，我也搬遷過幾個地址，她怎麼還找得到我？我心裡很納悶，聽她說竟然是因為她最近新認識的一位朋友認識我，無意間提起，才又牽起了這條情緣。

她說，一直想跟我說聲抱歉。我有點訝異，記憶中，我們之間確實有一件小事，只是因為太過「莫名其妙」，我才一直記得。但是難道她也記著這麼多年？這其實是一件很久以前小孩子之間的一樁小恩怨罷了。

「以前我曾經故意把妳的椅子弄倒，害妳坐下來的時候沒坐到，摔了一跤。」她邊說抱歉還邊陪著笑，我終於有機會問她：「究竟是為什麼？」

人一生會那樣摔跤的機會不多，所以，那一跤我當然印象深刻，幸好當時我肉多，沒摔傷，只是，心頭有種說不出的哀傷，不瞭解自己為什麼會遭到同學這樣的惡作劇。

「其實現在想起來好蠢，當時，我只是忌妒妳每天頭髮都綁得那麼漂亮，我也不知道為什麼，就想看妳摔跤。對不起喔！」「而且好慘，我後來還常常作惡夢，夢到妳來報仇，還好這次有機會跟妳道歉，心

裡的一塊大石頭總算放下了。」

所謂「不遭人忌是庸才」，我欣然領受她的忌妒，其實也從沒把這件事看得嚴重過。

人生中，我們難免會犯錯，也難免有人會傷害到我們，然而並不是所有的道歉都值得被原諒，你並不是只能鄉愿的說：「沒關係。」

曾有這麼一個被「包容」所誤的例子，一位入獄服刑的犯人，在坐牢期間他這樣自白到：「從小，我做錯什麼事，父母和朋友都原諒我，都說『沒關係』。我愈來愈為所欲為，罪行愈犯愈嚴重，在受感化教育之前，幾乎不覺得自己是罪惡的。」雖然，他後來誠心悔悟，向受害者道歉，但是被他傷害的人，有的因此終身肢體傷殘，有的從此失去了親人。

坦白認錯、悔恨告解，對於一個犯錯的人，其實毫無洗刷作用，他所造成的問題和傷害，已確確實實讓受害的人痛苦，甚至成為對方一輩子的夢靨。

有一個曾在外頭「採野花」的丈夫，躊躇猶豫了很久，終於鼓起勇氣告訴他的妻子說，他曾經在外頭和其他女人約會。雖然，這段婚外戀曲已結束了，但是他每天面對體貼溫柔的妻子，心裡總是感到很不安，難逃良心的譴責，所以才決定對妻子坦白。

遭到丈夫背叛的妻子一時之間感到很錯愕，她對她的丈夫一向深信不疑，沒想到，他靜悄悄地背叛她。

原本，這位妻子一直自認是個心胸寬大的人，然而面對這件突來的衝擊，她既痛苦又惱怒，甚至想過要自殺，也衝動得想痛宰這花心丈夫，在鑽牛角

尖的當下，似乎非得有人得從這世界上消失，才能平息心頭之恨。

他的丈夫每天都很有誠意的向她懺悔，希望得到她的原諒，兩人再能重修舊好。但是，妻子的心裡已受到很大的傷害。

她曾在一個心靈交流的團體裡這麼說道：「我曾試圖以宗教信仰的大愛來『寬恕』他，但是午夜夢迴，當我醒來看見他在我身邊，我總覺得他是個骯髒的人。我甚至想過要剪掉他的『鳥』，也默默詛咒他罹患重病、受身心折磨。」這些可怕的念頭、復仇之火，在她心頭強烈地燃燒著。

以受害人的立場來設想，我並不認為她是個狠心的人。面對著一顆受傷流血的心，該譴責的是加害者。她的丈夫之前的欺騙和背叛已造成傷害，事後的悔意又有什麼作用。求得她的原諒，他能夠解脫，減輕罪惡感。然而，妻子註定要背負一輩子難以磨滅的痛，無論她如何寬宏大量，她自己心裡的傷口，即使癒合，對愛情的信賴，卻無法再復原。就像你看到自己身上的某道傷痕，自然想起曾經受傷的往事，雖然，時間過去，皮肉不再疼痛，但傷害已滲入心靈，也許也改變了你對人的信心，以及你對生命的態度。

多數的疾病，都有藥可醫治，然而，人生唯獨沒有「後悔藥」可吃。悔解，往往註定是一場悲劇的對話，它的結果，至多，也只是緩和彼此的情緒後，留下一道難看的傷痕。

而多數的錯事，其實在開始去作它之前，你心裡已明白，這不是一件好事，但有時候，你還是作了。

人心都有善的一面，良心會一直提醒你：你錯了。那不是一種好受的滋味，因此，犯錯的人，都希望能被原諒。

有些人，做了一些不可告人的事，心情苦悶自責，卻沒有勇氣向受害者懺悔，更不敢告訴自己的家人，他去找神父告解、到廟裡上香，希望他景仰的神能夠原諒他。

但是，究竟有什麼事情，是連自己都不能原諒自己，神卻能原諒的？對於一件令人受傷的事，當事人不能原諒，要求神原諒又有什麼意義？

謹慎，少犯錯，是唯一可以有效避免悔恨的方法。

相反的，對於有一些自我要求標準很高的人，他們小心翼翼，很少去傷害到別人。但是，卻因為過度地苛求自己，而過得不快樂，像是有人遇到事情總把錯攬在自己身上，總是對別人說：「我做錯了，對不起。」或是自責的說：「我真笨，連這個也做不好。」

小畢，也是這樣的人。他是我認識很久的一位朋友，每隔幾天，我們會透過網路書信瞭解彼此的近況，距離上次碰面已是五年前的事了，五年多來沒聽到他真實的聲音，分住在不同城市，也沒再碰過面。有時候，我懷疑他在我生命中是個「虛擬人物」，最清楚的，唯獨他那難以掩藏的追求完美、嚴以待己的個性。

他經常都在懊悔為什麼離開前一個工作，為什麼和前一個女友分手，為什麼當初不再努力一點。他身邊的朋友總是看他意氣消沈，垂頭喪氣，無論他們怎麼勸，他都有理由不滿意自己。

這種低氣壓，讓和他相處的人心情也跟著低迷，朋友逐漸遠離他，躲著他這塊大烏雲，他成了一個既惆悵又孤單的人。

最近，他又遇到新的困擾。一次假日，他騎著機車經過河堤邊，看見一部計程車停放在橋下，車子上下晃動得很劇烈，他很好奇，靠近車窗一看，目睹了一樁疑似強暴案，車裡的女孩臉上一大片瘀傷，雙手被絲襪捆綁，但是小畢一看到逞兇的司機似乎拿起鐵棍要下車扁他，一時害怕，他當下便騎著機車逃之夭夭，等逃得夠遠了以後，他才撥了一一〇報案。嚴格說來，臨危自保是人之常情，但是從小就崇拜「超人」的他，對於自己當時沒有挺身而出英雄救美一直感到很自責。

經過好幾個月，我的信箱裡還是常收到他的留言：「上次那件事，我是不是太沒有正義感了！？」「不知上次那個女生現在怎麼樣了？會不會被殺了？」

對自己要求太高、習慣性的悔恨，是一種無形的心牢。

有些事情，你覺得自己做得不夠好，每想起一回，你就要懊惱一回。可是，過去的時光，是無法倒流的；做過的事情，也無法重新來過。天底下沒有所謂「完美」的境界，完美，是一種永遠達不到的面面俱到的理想，如果，你總是從各個角度來苛求自己，除了反覆不停的懊惱之外，又能從這些事上得到了什麼呢？

春天的花園裡，不是每一朵花都會開，有時候，開出來的花，也不是每一朵都豔麗。學習去欣賞人生的殘缺，事物的現實，和人際的無常，是快樂過日子的重要能力。

尤其，在這高壓力的時代，過於追求完美的完美主義者，往往會累壞自己。有時候，看看你得到了什麼，不要只是懊惱你失去的。更不要因為想得回你失去的，又作了一些讓良心難過的事。

牢騷只是空虛的總和

最近幾年來，我對農曆新年特別的有感覺。那是有別於以往的期待，取而代之一種忐忑不安的情緒。Erisa，這個讓我又憐又憎的女人，她總是會那麼不識相的提早一兩個月前，就開始在我耳邊「話出」一幅悽楚的過年景色。

「救救我吧！我不想回公婆家過年！」從她結婚那年開始，她這番呼喊便年年不打烊。

離農曆新年還有好一段時間，Erisa已開始焦慮不安，每年的除夕到大年初五上班前，她都是在公婆家過的，那兒地處偏僻小鎮，生活既傳統又繁瑣。公婆要求她這長媳，每天都要打點一家夯不啷噹二十幾口的三餐，餐餐都要求大魚大肉，「這樣才像過年，要吃好一點。」她的婆婆推出一個聽起來很合理的說詞，Erisa的嘴已嘟得老高，還要打點祭祖酬神的排場，親戚好友常常來串門子，打麻將、喝酒通宵達旦，Erisa還得額外幫他們準備點心和宵夜。

尤其，婆婆會在廚房串場式地出現，監督Erisa的廚藝，一會兒指揮她這個要多一點鹽，那個要少一點糖，另外那個要多燉一燉燉爛一點。公公是個潔癖歐吉桑，他總是坐在客廳喊：「記得要把祖先牌位擦乾淨、窗戶也要用水沖一沖、地板風吹得都是灰塵，要拖一拖，還有，門口滿地都是鞭炮屑，『有空的時候』記得去掃一掃。」

更難堪的是，這些親戚們一邊打牌、喝酒，還把家族裡上上下下老老少少都搬出來批評數落，好比是過世的祖先以前都對孩子很苛刻、讀高中的阿進交得女朋友不三不四、嫁進來的三個媳婦哪一個最不會理家、哪一個不會生、哪一個好像跟同事有怎樣、而家族裡七個女婿哪一個工作最沒成就、看起來最不襯頭……」連Erisa這樣忍氣吞聲沒日沒夜操勞的媳婦，也總是被點到名搬出來數落：「菜燒得不怎麼樣、做事不俐落、只會化妝得漂漂亮亮、阿斌娶到她真是辛苦喔……」。

不光是Erisa苦，我每年旁聽她的媳婦悲傷史，心裡也總是覺得又痛又為自己慶幸「好哩加在」。雖然，時代科技看起來是很進步了，但許多女人還是一腳踩進人文的蠻荒泥淖，不敢用力的掙脫，只是無助地呻吟、發牢騷，然後任由這現象繼續運轉。Erisa的例子，只是冰山裡的一粒小冰球。

Erisa每次正忙得披頭散髮的，聽到這「牢騷家族」可怕的「聊天文化」立刻怒火中燒，「真想射幾把菜刀過去！」

從她結婚到現在七年了，每年過年前，朋友們也得聽她嘮嘮叨叨地預言年假將如何悲慘渡過，而年假結束後，Erisa一出現，一坐下來，又是口沫橫飛、齜牙咧嘴的抱怨同樣這回事，朋友們雖然同情她，卻也聽得厭倦了。

仔細追究起來，Erisa平日生活過得充實又自律，但是，過年那幾天強烈的反差，讓她在夫家毫無美感、毫無智慧可以學習的環境中，所以忽然間感覺到空虛又苦悶。而因為空虛感所造成的「負面情緒」，是具有傳染性的，她不知不覺間，似乎也步上了這個家族的後塵–因為空虛而發牢騷發個沒完沒了。

牢騷話毫無吸引力，因為它所談論的多是沒有建設性話題；而發牢騷的人，同樣也給人貧乏空虛的感覺，也失去了人際的吸引力。

想想，一個同樣的故事經常反覆在你耳邊重述，許多歷史畫面，來來回回地反覆翻動，沒有新的收穫，連基本的娛樂效果也沒有，倒是低潮的情緒愈來愈顯得萬劫不復。沒有人想再花時間去聽他已經知道到熟爛的事。

不難想見，開始有朋友用「仍然溫柔的口氣」對Erisa說：「請不要再說了，我們換個愉快一點的話題吧。」，也有人直接對她說「請妳離婚好嗎！？」

這種打斷，無異是個當頭棒喝。

既然這麼痛苦，為什麼每年還是跟丈夫回去過年呢？Erisa不敢深想這個問題，因為，她很難取捨是否為了過年這五天，斬斷其他三百六十天自己與丈夫之間的恩愛情感。

如果，並不想改變婚姻的狀態，也改變不了公婆家的過年「習慣」，那就要試著用另一種角度看待這件事，幫自己一個大忙，設法減輕「痛苦感」。

減輕自己的痛苦，有時候需要大智若愚的幽默，以及冷靜沈著的智慧。

與其抱怨年節這幾天像場煉獄，不如反過來，用它檢視自己在一年中多數的日子裡，過得是多麼有聲有色，你比這群只會流言蜚語的人更懂得珍惜生命的時光，也更懂得尊重別人。

不是所有的人都會迎合你的人生，每個人的人生都有相互黏結的部份，有時人人為你，有時，你得為人人。世界也不會配合著你來運轉，要能學會在混濁的水潭裡，仍作一條優游的魚。

當你心結解不開時，要多晒晒太陽，多呼吸新鮮空氣，多想方法來突破，多運用幽默的心轉換情緒。不要過度依賴朋友的同情和安慰，那只是一時的止痛劑，無法使你更強壯。如果你過度依賴友誼的止痛劑，而不斷地宣洩，向他們索求解藥，無異是對朋友進行殘忍的疲勞轟炸。

當然，你也有機會成為別人傾倒情緒垃圾的回收桶。曾有一位心地很善良的人，他常常聽朋友吐苦水，即使一件事反覆聽了很多遍，他也不好意思拒絕朋友，任由朋友愈說愈激動，而他則愈聽愈痛苦。「聽朋友訴苦，也是功德一件啊。」聽他說得很陶醉，但我卻感慨善良的聆聽者，未必能提供朋友最正面的幫助。

陷於牢騷的循環而無法自拔的人，其實，不意味著他所煩惱的問題無法解決，只是他走不出自己的情緒，而你花費了好幾倍的時間，只是陪他在原地打轉。

適時去遏止對方發牢騷，把彼此談話的注意力，放在如何解決問題上，是更大的一件功德。

You got a mail

「網交」，是新時代的時髦產物。純的來說，是透過網路來與人交流；「粉味」來說，指的是網路援助交際。前者是心靈與心靈的交流，後者是金錢與身體的交換。

許多媽媽們聽到我這麼解釋，把焦點聚在後者，於是都認為孩子上網絕對會學壞。不過，就前者的作用來說，我是支持網交的。

今年的西洋情人節，我的電子信箱裡很熱鬧，收到了幾封情人卡和花束，都是來自不是戀人的那種「有情人」，有的則是「無的放矢」的朋友，暫時把我當成一個虛擬配偶。這個原本很特定對象的日子，能如此擴大範圍到朋友同慶，顯得特別有意思。

電子檔的玫瑰花束鮮紅欲滴、惟妙惟肖，有的還是從花苞緩緩綻放到盛開的動畫版，雖然少了一股芳香甜美的氣味，但卻永不凋謝。豈不也好，免去了望著落花殘紅的傷感。

電子花束之外，有人還會附上一封電子情書。閱讀一封封都是工整電子字體的Mail，也少了傳統親筆書信的個人筆觸特色，連署名也是電腦簽署的。好硬，有時候我不禁這樣感慨。

然而，仔細想來，這和傳統書信也有異曲同工之妙，在看不見對方神情、聽不見對方聲音的狀態下，以自己的想像、自己內在的聲音去閱讀對方書寫的字句，揣想他寫信時的心情，和每個字裡行間是否夾雜著什麼言外之意，這真是一種神祕而浪漫的探尋過程。

不必出門，不用

到處找郵票，彈指之間，在鍵盤上東敲西敲一陣，螢幕上出現一排排整齊的字串，彼端的電子信箱在轉瞬間收到了我寄出的情人節回信，包括一封傳遞到美國的，也在幾秒鐘內抵達了，像變魔術一樣。

電子郵件的發展，幫了喜歡寫信的人減輕不少負擔，既經濟又快速。也意外激發了原本懶得寫信的人，開始喜歡這種有效率的寫信方式，人際間的往來反而因此更加熱絡。

電腦螢幕，因為E-mail的往來成了友誼之窗，從寄來的信箋和轉載的圖文裡，你可以感受到對方希望與你分享什麼，他希望你多瞭解些什麼，而且最重要的是，這意味著他關心你。

每天，我的信箱裡會有許多封電子信件，一部份是商業廣告，透過網路是經濟實惠的行銷方式；而另一個重要的部分，是朋友們轉寄一些資訊來分享，有時候，也附上心情的隨筆和問候。

一位教授建築的教授，常寄世界建築的照片資料給我，有些溫馨的生活故事，他也寄給我。有位朋友，他知道我喜歡旅遊，常會轉寄一些旅遊資訊和迷人的風景圖片過來。一位工作夥伴則是把這條網際線路當成他的作品伸展台，我們的虛擬辦公室在這裡進行過無數次的溝通討論會。

在小小的電腦螢幕前，你能知道許多事情，也感受到滿滿地溫情。你用很多「安靜地」方式傾訴你的心事，也免去了彼此面對面，有時一言難盡、欲言無詞的尷尬。

這是一種很容易天天上手的談天方式，無形中，你感覺到有些朋友是天天「碰面」的–在各自的電腦螢幕前。如果一連幾天沒有收到他寄來的郵件，你便會猜他最近一定忙翻了，要不然，就開始擔心他是否生病了。根據一項小規模調查，在這種「等嘸批」的心情下，很多

人寧可癡癡的繼續等，也不願直接拿起電話問個究竟。理由是：「已經習慣用寫信的，現在要直接說話覺得怪怪的。」這種莫名的羞怯與含蓄，可說是這世紀最稀奇且意外的網路副作用。而我有時候也是患者之一。

雖然，電子郵件、ICQ和MSN有種種的便利性，但我仍然無法完全捨下傳統綠差傳書的迂迴情懷。

偶爾，我還是會親筆給朋友寫明信片或短箋，尤其每年歲末，我開始陸續的寫賀年卡，一邊回味這一年來和誰擦出什麼火花。

尤其弔詭的是，傳統信件的麻煩之處，也正是它的迷人之處。

為不同的寫信對象，挑選信紙的顏色和信封款式，要不要淡淡的花香？還是印有碎花的小花邊？

也要選一支好寫的筆，和對的墨色，才能寫出一封美好的信。

親筆一字一劃地在信紙上編排，串成心中想說的話意，每一筆劃都融入情緒，且構成你特有的字跡。當對方收到信，看到信封上的字跡，他就會知道，是你。

我喜歡寫信時那樣小心翼翼的情懷，為了一兩個錯字揉掉、再寫，然後斟酌怎麼摺疊信紙、用什麼方式封緘、貼什麼圖樣的郵票，再穿戴整齊，出門上街去尋找郵筒。無論住得多近，無論晴天下雨，都得等著郵差取件，三兩天輾轉運送，終於送到對方的信箱裡。

我也喜歡拆開每封信之前的那種揣想和期待，每封信裡，都包夾著一些或苦、或鹹、或甜或辣的心情餡料，沈默卻熱情地準備跳躍到你的心田。

在這瞬間咫尺的電子時代，這看來是很費

事的。多數人會說：「你時間多啊！現在已經不流行寫信了。」那是他不明白那番古典浪漫的情愫。

每個人之間的感情，應該有不同的氛圍和包裝來盛裝。真實的信紙才會變黃，字跡油墨才會褪色，歲月流經的痕跡度量著我們的交情，而有些我們之間的故事已過去了，它一頁頁地沈澱成為厚實的記錄，堅持著它真實的觸感，和持續散發著愈陳愈香的感情芬芳。

有些難挨的事想告訴某人，但不想看到他為你擔心的樣子，那就寫封信去吧。

有很多很多的思念，想讓誰感受到，那就把祝福一起摺進紙鶴裡，隨著信箋滑進他家的信箱。

化語言為文字，來個紙上談情，即使只是一些平凡的字眼，但是因為小心翼翼又感性浪漫地織縫起來，往往比快速鍵盤敲打出來的更深刻，也得以免卻了面對面時一時心粗口快造成的魯莽。

唱首歌來聽聽

我的熬夜歷史始於選讀設計系開始，為了設計一棟建築物、一個社區，甚至為了一張圖要畫得細膩講究，必需學會遺忘那可愛溫柔的床舖，留待過幾天趕完圖後，才能猛猛地撲上去。

說真的，熬夜不是一件舒服的事，得跟瞌睡蟲作戰，是靈魂與肉體的大分裂。尤其夜深人靜，連最親密的人也宣告體力不濟，棄我而睡了。聽收音機，是夜晚唯一的良伴，廣播主持人愈是聒噪，愈能幫助我提神，音樂電台一首接一首的流行歌曲，使夜晚的孤獨變得有魅力、有感情。

我邊哼歌、邊畫圖，小小的斗室搖身一變，成為通宵達旦的KTV包廂，只有歌曲陪伴著我，只有跳躍的音符為我疲勞的精神來一節「馬殺雞」。

有時候，我覺得我很早熟。在一些苦情的歌曲裡，我隨著悲劇氣味的詞語，尋索著自己記憶深處所經歷過的類似苦楚，一邊哼唱著，一邊便哭了。有時候，我甚至無愁強說愁，幻想著如果有一天，遇到某首悲歌裡描述的狀況，我該如何因應，我會如何地落寞。

當然，電台選的歌總會兼顧氣氛平衡，有灰調的歌曲，也會安排一些歡樂的歌。我的淚水自動收乾，隨著高昂的曲調、輕鬆的歌詞，笑著哼哼唱唱，想著自己也有歌中所唱出的幸福，不禁覺得人生真的好美妙。

音樂使我放鬆，也使我熱情。音樂與夜晚的

結合，對我而言，是一連串情感抒發的過程，也是對海海人生諸多人事的事先模擬歷練。

畫圖，有時候反而是副產品，邊哭著邊勾勒線條，邊笑著邊上顏色，濫情又瘋狂的構思與作畫過程鮮人知曉，倒是有同學誇我設計出來的作品很有「感覺」。

到現在，我仍然非常喜歡唱歌，不能一天沒有音樂，我想很重要的原因，是那時候與音樂奠定下來的患難情感。

曾經有一回，在開放給觀眾點播的時段裡，忽然聽見一首為我而點的歌，是班上同學Funky。他的感性留言只有簡短的兩個字：加油。

那是當時很流行的一首「朋友歌」，他透過它，傳遞著對我的關心，霎時我覺得自己是那個夜晚最耀眼的一顆星，默默聽完那首歌曲，我感動得無法動筆。他是個用功的人，當時必定也在這城市裡的某個燈火闌珊處努力著吧。而我第一次感覺到，有人和我一起在這寂寥的深夜裡，分享著同一首歌。

我不確定我是因為愛上那首歌而喜歡上他，還是因為感謝他所以愛上了那首歌。總之，這首歌後來成為我們兩人之間一個美好的小祕密，每當聽到這首歌，我和他便會看看對方，交流一個默契的眼神。

後來，我們也逐漸成了對方的「心情DJ」，我想和他說些什麼感受，便會去尋找適當的歌，甚至常常為了一首歌而買下整片CD，回家後，還仔細地閱讀歌詞，把最貼近心意的詞句做上標記再拿給他聽；他也透過一些精挑細選出來的音樂，傳達對於生活的總總感懷。「交換CD」，成為我們心靈交流的重要方式，音樂使我們深刻地相知相惜，也使生活的氛圍變得感性。

畢業時，我曾和他對唱那首歌作為留念，那段充滿音符躍動的日

子，青春洋溢且閃閃發亮。我深深感覺到，音樂不僅能為疲憊的靈魂洗禮，也能為樸質的情誼，繡出更精緻的花邊。

只是，一時的新歌，久而久之便成為老歌。新的音樂創作推出，陪伴我們當下的時光，而那些過往的老歌，卻見證著我們的過去，與我們的回憶緊緊地結合。

每當老歌響起，某段往事彷彿又歷歷在目，你想起過去的某段時光、某件情事、某個人，想起你曾和他一起聽過這首歌，一起唱過這首歌，甚至藉由裡頭的歌詞互訴衷曲。每當你懷念他時，你會自然而然地哼唱起那段歌曲，沈醉在歌聲與心境的契合裡。

一首過往的歌，代表著一種情懷。在跳躍的音符裡，在回憶的情懷裡，你的心在思索、在釐清，也沈澱著。你有好多過往的事想說，你有感恩，有悔悟，生命彷彿快速倒帶到某一段落，在腦海裡又重新活過一遍。

有人說，人在「當下」總是迷惘的，難以預知未來，所以只能追憶過去。有時回顧過往，是一種心靈的洗禮，你可以去發現自己是否比過去多了些能力，多了些成熟，你可以藉由過去顛簸的經驗，警醒未來該在何處轉彎，該在何時沈潛。

如果，你以為回憶只是為了勾起傷心往事，那麼，請把家裡的老歌CD卡帶都拿去送人。如果你不能為歷練後的成長而感動，就不要聽老歌，不要邊聽邊為過去的辛苦而怨嘆。一個人對老歌年代的悲情記憶有不同的解讀，也會對未來有不同的影響。

陳姨是個很愛聽「老歌」的半老徐娘，而且習於在老歌裡挖掘記憶的傷疤。無論是聽到兒時聽過的歌、青春少女時期聽過的歌、成熟少婦時期聽過的歌，她都可以吐出一大袋苦水。

聽過她一席話，終於瞭解為什麼她的孩子和孫子們都不喜歡和她說話，她常常要他們幫她去唱片行買「懷念金曲」、「老歌精選」等CD卡帶，也總是沒人想盡這份「孝心」。

因為老歌，總是勾起她對人生的不滿，也可以說是她使老歌無論是愉快的、抒情的、浪漫的，都同樣得背上苦情的標誌。

她耿耿於懷孩提時代的窮困，沒鞋子、沒襪子、衣服都撿姊姊的、還穿過米袋縫的褲子、還要下田工作、為了給弟弟讀書自己只能讀到小學畢業……。她抱怨她的父母、抱怨時代環境，也抱怨自己的命運。

「妳只一直記得過去過得那麼辛苦，都沒說到現在過的怎麼樣。一定是因為現在過得很幸福，沒什麼好挑剔的？」我不禁點點她，讓她注意到當下，她可是持有五戶精華地段店面的金屋主，丈夫很顧家，又很會賺錢，孩子也各自有一份正當職業，沒什麼需要操心的事。而陳姨畢竟上了年紀，身體比起同齡朋友卻十分健康。「不用常跑醫院拿藥，就到戶外多走走，多玩玩，何必坐在家裡感嘆往事呢。」我建議她幾處適合和姊妹們同遊的郊外景致，以健康為善意的恐嚇，督促她要走進大自然。

有時候，關上人工音樂的複雜與吵嚷，走到樹下，聽枝頭上的鳥兒啾啾叫，聽涼風咻咻地吹掠，坐在溪流旁，把腳泡在水裡，聽聽河水嘩嘩流過的聲音，感受它的沁涼與輕快。

大自然的無言之歌，抽象且自在，是沒有歌詞的音樂，沒有情境假設的天籟。你的心靈毫無牽絆愜意地和鳴，感覺到身心和諧一致，是多麼舒暢喜悅。

你甚至創意泉湧，哼哼唱唱出自己編織的旋律，有時候你填入幾句話語，創造出自己獨特的生命之歌。

我曾在一個非假日的時候排了一天假，前往騰空的海邊，坐在防波堤上靜靜望著黃昏落日，好美，那是太陽一天中最美麗的時候。我對著夕陽吹著口哨，胡亂唱著自己的掰歌，一首接著一首，唱得好開懷。沒有聽眾的時候，唱歌才是完全自由的，唱歌的心，也才是完全開放的。

音樂是情緒最好的朋友。沈重的音律，似乎代表著人生命的嚴肅與沈重的一面；急促的音律，像是我們匆匆忙忙的腳步；而輕鬆的旋律，讓人感覺到全身飄飄然，像風中的蒲公英，像脫韁的野馬，自由的奔馳、自在地漂盪。

我一定不是城市裡唯一喜歡歌唱的人，而你有多久沒有好好地為自己唱唱歌了？

心靈畢卡索

台灣正式的歷史記錄年代並不算太長，然而，實際上古老存在的事物，卻是不少。許多古蹟建築，是畫家筆下的鄉愁，其中多半被「木乃伊式」地保存著，成為一座座的歷史標本，和活著的人的生活毫無瓜葛。

而阿里山的小火車，是極少可動、且仍在動的古物，也是世界上少數幾個還保存的山區火車。每年初春花季，多少尋芳而去的人，因為能搭上這列懷舊的小火車，一同穿越五里霧、窺見櫻花源而更顯得興奮。

縱使擠滿了人，車廂裡依舊充滿歡笑聲，縱使是櫻花未開的季節，假日時，我仍買不到坐票，一路四個小時從山底站到終點。兩次上山，我從未趕上櫻花季，一晃眼十幾年的光陰。

今年，小火車意外的翻覆，也翻醒了一段陳年往事。抬頭看看牆上那幅水彩畫的櫻花林，想起延宕多年的賞櫻之約，也感到愧對一位住在阿里山下的朋友。

每年，這朋友總會提醒我櫻花開放的時節，他一直等著要當我的地陪。今年，終於說好一定排出幾天假期，一來成全他的美意，二來也成全自己旅行的慾望。然而，因為一個工作案收尾不如預期，山花初開時，我仍身處在塵煙瀰漫的都市街頭取景拍照。

為了履行承諾，我努力地趕進度，終於能釐出時間赴約時，朋友笑著說：「山上的櫻花都已經謝得差不多了。」他自己已去了一趟。

我聽了他這麼說，心裡並沒有太難過。不過就是個櫻花嘛，每年都會開啊。我心裡很灑脫的安慰著自己，真正感覺到失落的，其實是對他「黃牛」了好幾次。

一星期後，我收到一個包裹，又大、又重。這是我收到過最大的一個包裹，所以謹慎地割開厚紙箱，漸漸地露出一角粉紅色的花海，到最後，整片初春的櫻花林映滿雙瞳。

喔，當時我跌坐在地上，有點傻眼，捧著那幅畫，既開懷大笑，又忽然想流淚。

我真的感覺到很抱歉，又感覺到一種被過度溺愛的甜蜜。雖然，曾經一錯錯過了好幾年，但是，他為我畫下了今年的櫻花林。

有種想要奔向阿里山擁抱他的衝動，但最後還是選擇了以比較平靜的方式，享受這番強求下來的浪漫。我到日本零食店舖買了和櫻花有關的點心，回家後燒壺熱茶，泡一壺清香的碧羅春。一面品嚐著對台灣人來說太甜的和果子，一面凝視著那幅畫，幻想在高冷多霧的山上，滿枝櫻花、片片飄落、逐風翻滾的迷美景致。

正當我細細地欣賞著他用心繪畫的筆觸，才竟發現，他不僅用心，還「別有用心」。每朵櫻花的花心，都藏著一顆深紅色的心形，「那是愛的標記！」事情非同小可。我心頭一怔，從不知道自己在他心中佔有這樣位置。要裝作不知道嗎？還是該有些反應？我掙扎著，忽然覺得這片櫻花林如此沈重，這幅「帶電」的畫，美麗卻難以承受。

「謝謝你的畫，好美。裡頭你還畫了好多的『心』，你真是個『多心』的人。」我打了個不清不楚的啞謎，有時候不清不楚是一種禮貌，是給對方一個台階。

他心裡其實清清楚楚，所以笑了，「被

妳看出來了，我沒有白畫。」他在電話那頭像是早已料到結果似的，毫不拖泥帶水。

這段情像是沒有被證實就消失了一樣。而那幅畫，成為我們之間很有默契的一個「句點」。我依然對他感覺美好，也依然愛戀櫻花之美，某部份原因是來自於這幅畫的含蓄，在含蓄中，我看得清清楚楚他的善意。

畫，絕不只是一幅風景、一個靜物，或是一堆顏料和線條的交疊而已。它融會了畫者的感情，以及畫者昇華的意念。所以有「賞畫」的雅興時，也要懂得「賞心」。

對於每一幅畫，都存著一份好奇，一份尊重。你學到的不僅是藝術，還有更多隱含的人生態度，使你枯涸、剛愎的心能夠柔軟地擺盪、受感動。

無論是孩童的塗鴉、素人的畫作，或是你在課本邊旁隨筆的漫畫，線條是否完美、用色是否和諧並不重要，每一筆，都是有意義、有原因的，它是內心語言轉換成的符碼，絕不是莫來由地「天外飛來一筆」。

我也喜歡看朋友寫信時隨手繪的表情插圖，也愛看學生繪畫簿裡非正式的信手繪圖，然後，我請他們解釋他們畫圖時的心情給我聽，每個形狀、顏色和線條，都有它的語言，都具有情緒和生命。

每個人的心靈，都像是一塊畫布，以歡喜的畫筆來揮灑，就得到歡愉的畫作；以憂戚的情緒上色，得到就是灰濛濛的畫面。而你的人生，是一卷屬於你自已的清明上河圖，如果，你遭遇到高山險峻，就在山腰處畫一座涼亭，讓自已累得時候，能歇歇腳；如果面前是一條筆直卻光禿的道路，就為它添上幾株綠蔭，幾朵小花吧。

心電感應

人與人之間，你和我、和他之間，都需要足夠的時間，才能夠互相瞭解彼此。而「互相瞭解」，是一種持續地進行過程，因為每一個人的際遇都會改變，心態與性格，也隨時可能起變化，也之所以，你和每個人之間的彼此瞭解，都各自是一條漫漫長路。

即使你細膩又敏銳，在很短的時間裡，就能抓住某個人性格中的穩定性，於是認為「大體上」你很瞭解那個人。然而，這不意味著你就適合和他一直在一起，你們也很有可能「因為瞭解而分離」。

認識容易，相知也不難，而「契合」，就不是一件常有的事。同住一個屋簷下的家人，也可能各具有不同的生活理想而獨立紛飛；情人之間，可能因為對婚姻的期待不同，而劃上休止符；朋友，也許可以談事情、可以談心情，卻不是互相都有一致的興趣和價值觀。

我們早已習慣和熟識的人之間不一定親密，不一定互相認同。也因此，我們更是從不寄望與陌生人之間會有什麼美麗的火花。「他不一定要喜歡我，他當然不會瞭解我。」你很寬宏大量、無所求的對待每個初次見面、不熟悉的人，這種「放棄期待」的寬宏大量，反而使你偶然遇到一個投緣的人，心中無比地雀躍驚喜。

如果說，心靈「契合」的機率，在熟識的人與陌生人兩種關係中，其實都是一樣高（或說一樣低），你同意嗎？

人群，像是一袋被摻雜各種豆子的麻袋，有人質感相近，有人皮裡皮外都相差甚遠。各

種豆子在世界的乾坤袋裡翻滾，偶爾相類似的豆子碰撞在一起，但有時候你身邊難免圍繞著紅的、花的、黑的和你截然不同的鄰伴。

人人都是個體，自由地選擇生存的價值和生活的方式。類似的，只等待機會相遇。然而截然不同的，卻鮮難能夠透過彼此瞭解而變得契合。

「瞭解」只是一種理性的認知，「契合」則是兩個人各自持有的主觀價值「竟然」不約而同、不謀而合，也可以說這種機率純屬「巧合」。

一般人對於熟識親友間的投緣，多視為理所當然。如果換作是一個不熟悉的陌生人，你和他短暫的相處卻心有交集，你一定會視這為驚奇的「巧合」，你甚至開始想念他、感謝神給你這種奇遇。你對於陌生人之間的「巧合」比親人間的「當然耳」更珍惜、更謙虛、更容易滿足。有人說，這是人性字典裡那個最難堪的字在作祟。我倒認為，如果你是個珍惜與陌生人接觸機會的人，你的人生的確會更開闊，也會注入更多新的力量。

因為工作的需要，也因為我倡行社會學習，很多機會我會作「陌生拜訪」。在種種過程中像是跳進豆子乾坤袋又攪和一番，有時候遇到話不投機三句多的人；有時候，也會遇見志趣相投的人，彼此一見如故，相見恨晚。既已感覺相見恨晚，我會努力捕撈每個來遲的機會，去激發彼此互動間所能帶給我的點滴智慧。

一次因緣際會，我前往一位素不相識的藝術工作者辦公室，要拿取一片記錄街頭藝術活動的影片，原本計畫花半個小時，結果我們聊了一個上午。

他的工作室裡有太多迷人的設計品，包括他這個人，深奧迷離，卻願意像是泉水源源地湧出。對於台灣的生活美學，我和他雖是從不同的角度努力，但樂觀和期許卻相同。

他分享他從國外留學回到台灣、又從台灣延伸到世界舞台的熱忱，從台灣歷史的藝術化呈現，到檳榔次文化的提升和包裝，裡頭許多智慧結晶對我的工作經驗很有幫助，和我價值觀的不謀而合，更對我有鞏固支持的作用。

終於證實有人的生命熱忱，和自己這麼接近，那真是一種美好的感覺，即使過去那麼長一段時間彼此是毫不相識的陌生人，但這一瞬間的交融，卻是終身難忘的精彩。

因為陌生竟能契合，我們期待下一次還能相會。

只是，「這一次」遲早要打上個逗號，我和他已聊了一上午，彼此各自還有其他的工作安排，於是我示意我必須走了，他幫我添茶，要我再喝一喝，帶點傷感說到：「不知為什麼，我這幾年來愈來愈喜歡和人聊天，也愈來愈喜歡和不同的人接觸，是不是因為老了？聽人家說，這是老化的現象？」

看他外表保養得比實際年齡年輕許多，在心靈上，我倒認為他比他自己所說從前閉門造車的習慣更圓融。圓融是一種成熟，不是老化。反而更像是一種知所以然而然、知所以為而為的單純，這種單純的心容易接受外在、吸收更多的智慧，也給自己更多成長、延伸的機會。

懂得把握與人交談的機會，是很好的學習習慣；願意把自己的經驗與人分享，是很優美的雅量。

我們不一定只能和我們認識的人說話，即

使是走在路上、坐車、搭船的各種時刻，偶然遇著想談話的人，就和他談上幾句，素不相識，毫無瓜葛，也沒有牽連，這樣沒有負擔的聊一場，也是很過癮的事情。

世界很奇妙，冥冥中會有一些安排，你一個人的時候並不孤獨，身邊總有許多事物讓你欣賞，有許多事情讓你思索玩味，也有許多人可能讓你大開眼界。

有一回，我從學校下課後，沿著黃昏的校園步道走向和預約車約定的地點。遠遠地，我看見那部車，車門打開，卻驚見一位男士坐在後座。

「老師，不好意思，我可不可以和妳一起搭這部車？」他一口台灣國語，人長得古意老實，年紀看來不小了，髮叢裡有大量銀髮交雜。

仔細一問，他遠從台南北上來修讀研究所。由於錯過了一班校車下山，他還得搭火車回家，路途遙遠，若是錯過火車班次，就會連帶的錯過和老婆小孩一起吃晚餐的時間。

我和一個唐突闖入的「不速之客」一起搭車，心裡對他其實充滿敬佩。時下多少年輕人找盡各種理由偷閒玩樂，他卻勤奮地「活到老學到老」；而多少人因為各種因素忽略了家人的感受，他卻在百里之遠也一心想趕回家和妻小團聚。

換做是你，你做得到嗎？

他對於我的欽佩和鼓勵感到很不好意思，抓頭又搔耳地說：「老師過獎了啦，我老婆都說我是『瘋子』，這麼老了還想要讀書。」

和他分道揚鑣時，我們心裡都各自懷著喜悅。每個人都希望世界上還有另一個人認同你的想法、瞭解你的心情、肯定你的努力，即使，對方是個素昧平生且可能不會再相遇的陌生人，你仍然覺得心靈

裡多了個夥伴，天涯若比鄰。

在記憶的讀本裡，我稱他為「二十分鐘」的朋友。我以他為例子鼓舞自己，鼓舞朋友，也敦促學生。在他們的心裡是否產生了漣漪，我不知道；但我的心裡，因著他一直深受感動。

想想，一個陌生的人，帶著你的祝福、你的見解，或是你一時流露的哀愁，他到另一個城市，甚至飄洋過海到另一個國家去，他也許把它說給孩子聽、說給朋友聽，也許他告訴他的工作夥伴、告訴他的學生子弟。也許，你和許多陌生人交會的片刻間，無意種下了一些種子，正在許多意想不到的人心中發芽、成長、結出果實。

是否當你再遇到陌生人時，會發現其中有許多人與你的心很接近其實並不陌生？你也會漸漸體會到，陌生人，其實也可以是一種朋友關係。

藉詩傳意

有人說，這是一個詩人消失的時代。我到許多大型的書店觀察，有年輕人捧著漫畫，坐在書架前的地面邊看邊笑，有母親帶著孩子在兒童讀物區說故事給孩子聽，許多婦女在食譜書籍中翻找自己要實驗的下一道菜，大眾文學也不寂寞，各種層級的人都會擠在這面積最廣、台架最長的版塊，摸摸這本，翻翻那本。詩的專櫃裡還是有許多詩集，只是新出來的不多，也鮮少有人與我為伴，更不會發生有人和我同時想要拿某一本的情況，我不疾不徐優雅地在櫃前踱步、徘徊，感覺到分外寧靜，也分外地寂寞。

後來，我到過幾間看起來也頗具規模的書店，發現竟然連詩的獨立專櫃都沒有。有關詩的書籍被打散開來，依賴文本的主題而被閱讀，難道，沒有人覺得詩的語文形態，本身就夠迷人嗎？我在心裡發出很大聲的吶喊，但四周仍然寂靜。

我獨自垂聽自己心谷焦慮不安的節奏，一面努力追溯有力的事物，想證明詩的價值。當我想到我的朋友裡有人寫詩，我也曾在另外幾位舊識的書櫃裡看到幾本詩集，而我的姪女也常常向我借詩集去閱讀，我漸漸確信詩並沒有被後現代的直辣辣文學給嗆掉，也相信詩人還存在、還在創作，只是，比較低調、比較安靜地存在。

詩，是語言和情感極致精煉出來的結晶物。看似輕短簡單，卻能直接觸摸你的心靈深處。有些詩，讓你感覺到自己的心，像是在布幔後頭被輕柔地解開了鈕扣；有些詩，則讓你像是被射中了心窩、死得痛快。

幾十個平凡的字眼，組合起來卻能成為一波大浪。然而這一切都包裝在它輕巧的魔下，你在含蓄之美、迂迴之巧中，有極為自由寬廣的意淫空間，因此一首詩，即使你對作者最初的發想意念不清楚，仍然可以依循自己的感覺和想像來解讀，領受屬於你個人獨享的心得體驗。

這種自由度，使我不僅愛讀詩，也熱衷於背誦詩句。尤其中國唐詩宋詞，每句之間，多有押韻、對丈，很容易上口，也因為裡頭有華麗的詞藻和曠遠的山光水景描述，我把一首首詩，當作一幅幅的畫來欣賞，也當成一幕幕的劇情想像。遇到不同的事情，有不同的感觸時，我會在記憶的資料庫裡尋索貼切的詩句，來作為印證感覺、抒發情緒、自我解嘲與安慰。

詩，像是心情的濃縮咖啡。很小的量體，卻擁有濃郁的香氣，且香得很持久，香得餘味十足。有時自己難以釐清的心思，或是對誰難以說清楚的話，功力深厚的詩人揮灑出的一句五字、七字訣，就能讓你彷如遇到知己，心有戚戚詩，詩中也有戚戚心。

曾經和同樣熱愛中國詩詞的莎莎一起工作，她也背誦過許多詩詞，我們之間，只要有一個人起個頭，另一個便能附和一起吟盡這首詩，然後一起分享各自體會到的感受。

詩，適合獨享，也適合與人共享。用來作為溝通的工具，也是一種委婉特別的方式。

有一個貿易公司的老闆，為人很熱心，在朋友圈中以俠義心腸著稱。當他知道一位拜把兄弟因為公司經營不善而失業，找工作好久未能如願，而且這

朋友在別人面前都裝作自己只是工作倦怠，所以想休個長假，實際上他已靠著借貸過了好幾個月，可說是債台高築了。

這熱心的老闆知道這位朋友其實很有才能，因此，把他聘來自己的公司裡擔任管理階層的職務，薪資給得優渥，也特別在員工面前肯定他的領導能力。

有貴人相助，東山再起，這幸運的傢伙面子、裡子都有了，竟然得意忘形了起來，常在親友面前吹噓自己多有本事，在公司裡他的氣燄囂張，仗著自己是老闆的好朋友，常常「拿著雞毛當令箭」，對同事有很多不合理的要求。因此引起大家對他不順眼，反抗與流言讓公司工作氣氛變得很不和諧。

老闆原本是一番好意，現在發覺情況不對，左想右想，又實在不忍心開除這位老朋友，於是，轉而請這朋友的妻子來點醒他，要他珍惜這個工作機會。

老友的妻子是個明理人，她一聽，心裡很擔心。她的丈夫好面子，個性又倔強，如果當面勸告他、說他的不是，一定惹得他大發雷霆，流於兩人的情緒大戰，難收勸說之效果。

她煩惱了幾天，終於想到一計：藉詩傳意。有一晚臨睡前，她在床頭邊留了一首朱熹的詩句：「昨夜江邊春水生，艨艟巨艦一毛輕。平日多費推移力，此時中流自在行。」

藉由這首詩，妻子暗喻著多虧時機和貴人相助，丈夫的工作才能水到渠成，過去沈重如巨艦的生活，因此才得以順水推舟，輕盈自在。她婉轉的提醒丈夫別忘記好友的相助之情，別再重蹈艱苦生活的覆轍。

丈夫雖然個性好大喜功，但文學造詣也有幾分工夫。他看了這段

詩句心裡暗自揣想，大概能瞭解妻子的意思，但是卻裝作什麼事也沒發生。因為，他愛面子。

過了一陣子，老闆私下對這位老友的妻子說：「他改善多了，現在人緣也大有進步。」妻子終於能放下心來。

藉由一首恰當的詩，罵人不用帶髒字，訓人毋需疾言厲色，在喻之以理同時兼之有情的詞語中，巧妙地感化一個人的心，又維護了他的自尊。妻子感性又聰慧的作法，在這丈夫心中，更是加深對她的感謝與疼愛。

詩，可怡情養性，可以抒情解憂，也可以教化動人。雖小而意重，雖短而情長。如果，有一天，愛詩的人不再低調，更多的人與你一樣吟風詠月，那可莫忘在這自由綺想、感性抒情的浮生片刻中，與同好的他一起來酌上幾杯花間香茶。

肢體語言

一位來台灣教授外文的美國人說：「台灣的夜晚，真是奇蹟！到處都好熱鬧，好擁擠。」

和世界諸國比較起來，台灣的夜晚充滿活力、充滿可能性。鮮豔亮麗的霓虹燈、花枝招展的招牌大陣、高雅的餐館、豪邁的路邊快炒，在市集熱鬧的地段，黑夜的人潮比白天還要洶湧，在都市裡待久的人，其實都很熟悉和陌生人摩肩接踵的感覺，這樣不得已的身體接觸、頻繁的劣質接觸，事實上無法使人有任何快感，只能說是為休閒付出的代價。

有一次我重感冒，向來自豪的「自體免疫法」這回不太管用，擔心病情持續下去會傳染給家人，所以還是決定看耳鼻喉科。被迫「遊車河」塞了一段路，經過三間不是我要去的耳鼻喉科，間間竟然也都「人氣暢旺」，我去的那間也是人滿為患，看看號碼排到三十七號，和一群咳嗽打噴嚏的病患擠在小小的候診室裡，全身不由得緊繃起來。

台灣潮濕的氣候加上環境污染，呼吸道問題幾乎人人都難倖免。在候診室裡，也有些小病號，一個看起來才剛學會走路的孩子，不耐久候哭鬧了起來，他一邊跺腳、原地打轉，一時重心不穩，鼻子撞上了牆壁，痛得更是哇哇大哭。整個過程他的母親看在眼裡，一直拉著他小手，沒有打罵他，這下子他撞痛了鼻子，終於停下來不再打轉了，母親把他拉到身邊，擁入懷裡，以很輕柔的聲音安慰到：「不生氣了喔，不再哭了。」一邊用手輕拍著他的背來安撫他。孩子貼在母親的胸前，哭聲逐漸變小，緊握的拳頭也逐漸鬆開，他緊緊抱著母親，不再哭鬧躁動，看起來平靜又安心。

孩子都喜歡母親的擁抱，在精神健康的層面來說，甚至可以說是「需要」母親的擁抱。

我的娃娃還很小，但是也懂得肢體語言。當他躺膩了娃娃車，便會開始哭叫引人注意。我從遠處走進他，看著他的小眼睛，他又哭又笑，揮著白胖的小手等待著。我把他抱起，將他茸茸的頭輕輕貼靠在胸前，他的全身放鬆了下來，變很柔軟，手腳也不再亂揮亂踢，在鏡子裡，我看見自己散發著十七、八歲時未曾有過的光芒，而娃娃燦爛地笑著，看起來如此純真而滿足。

母親的懷抱，有治療憂傷的療效。一個擁抱，直接傳達了暖暖的愛，提供了十足的安全感。我依稀記得母親懷裡的溫度、味道，那陪伴我長大、給我無比的安慰和信心的懷抱，有時候，我好想像小時候那樣張開雙臂，朝著母親飛奔而去，再和她緊緊抱在一起。

但是太多的聲音說著：「你年紀夠大了，大到應該獨立，不能再依賴那樣的溫存。」所以所有長大的人，都和父母相敬如賓了起來，分得開開的，空虛的擁抱自己。有時候，我們轉求和朋友摟摟肩，和愛人牽牽手、抱一抱。

和親愛的人的身體接觸，其實是人類的原始欲望，也是感情的表達和感情的證明。

關懷與愛意，透過適當的身體接觸，是一種原始的情感安慰和滿足作用。有時候，一個溫暖的擁抱，勝過一大串冗長的安慰；難以說清楚的心情和感受，最終反而也回歸到原始的肢體表達。

有一天，好友J來

找我，她穿著整齊，頭髮梳得俐落，一如往常像個循規蹈矩的上班族。但是在這應該在公司的時間，她卻站在我眼前？我看著她游移的眼神，直覺有些不對勁，她苦笑了一下，然後把右手舉在嘴邊比劃幾下，像隻垮著臉的招財貓。

我引她進門，比了張椅子請她坐下來，那位置正好可以看見陽台的小花。我拆開新買的鋼琴CD送進機器裡，又拿幾本雜誌蓋掉一桌子散亂的稿件，「我並不忙，而且我剛好該喝一杯咖啡了。」我笑著希望她能單純地為心事難過，不要再因為打擾我而自責。

幾口黑咖啡下肚，竟然轉換成澄澈的眼淚，J哭了，那是我頭一回看到她那麼落寞。她緊抿著唇，說出的每個字，都顯得那麼艱難。

前幾天她打電話給美國的男友，竟然是一個女人接的。而今天早上，男友打電話過來，開門見山就說：「我們分手吧。」

他能到美國讀博士班，很大一部份的功勞是由於J。他的碩士論文、博士攻讀計畫，都是J辛辛苦苦幫他完成的，她甚至忍著不捨，鼓勵他到美國拿學位，沒想到，他還順手拿了其他女人。

「每個人都會遇到的，只是早晚的問題、只是情況不同。」我安慰她的同時，感覺到自己也詛咒了所有戀情。整個上午，陽光看起來亮麗得很假，而屋子裡感覺像是經過一場雨季，很霉。

我摸摸她的頭，摟著她的肩，發現她比我想像得更纖瘦。她抬頭看看我，勉強擠出一絲笑容，也把手搭在我的肩上，好一段時間，我們各自想著自己內心的傷心故事，但此時卻覺得不再那麼無助。

身體的接觸，是一種實體的接觸，具有與語言安慰所達不到的厚實感、真實感。它能彌補言語未能臻至的功能，它也使感情多了一種方式來傳遞。

在愛情中，身體的接觸是更直接的。親密的身體觸碰，是親密關係的一種具體行為。在愛人的懷抱裡，感受淡淡的體香、聽著他隱隱地心跳，世界彷彿凝結在這一刻，而生命彷如生植於大自然裡的花朵芬芳而透著野性。

有人說，一個愛你，卻不擁抱你的人，一定是因為他在生氣，要不然，就是他在懲罰他自己。其實，去享有身體接觸的美好，但不要過於迷信肢體語言的絕對性。

每個人對自己身體的開放程度不同，對別人身體的接觸慾望也不同，感情也許有時候透過肢體接觸來補強，但是頻繁的身體接觸，倒不一定能完全印證感情的深度。

有些男女在相識之初，由於著重肉體化的感官激情，而沒有把肢體語言的妙處運用在心靈的溝通，直到結婚後，兩人面對全方位的生活，才發現彼此腦袋裡想的，其實大有出入。

身體，其實只是個感應器，等著接收各種感情的訊息，然後，傳遞到你深深的心坎裡。所以，不要把自己的身體價值膚淺化，也不要把人際之間的感情感官化。若是誰要想貼近你的耳邊、牽著你的手、挨著你的肩、擁你入懷裡，都先問問，他是否也有那顆深深的心。

閱讀裝扮

二十一世紀，不再有「衣服只為蔽體」、「房屋只為擋風遮雨」這種貧窮論調。取而代之精神奔放、物質奢華的「裝飾」年代，有人遁入日式禪風，有人從巴洛克和洛可可的價值中甦醒，無論選擇的價值如何，都藉由外表的飾面來作為「宣示」。所謂「佛要金裝，人要衣裝。」服飾裝扮，正是一種精神語言的外顯。

而女人，正是精神波動非常旺盛的動物。女人的衣櫥裡，永遠少一件衣服；女人的鞋櫃裡，也永遠少一雙鞋款；女人的手飾盒裡，耳環和項鍊也永遠不足。與其說，這是嗜美愛秀的樂趣，不如去解讀女人內心綿綿不絕的呢喃來得有意思。

Jeny是個玩衣高手。就職業上，她為幾位主管階層的人物打點造型，在私底下，她的穿著很戲劇化。我喜歡看她的裝扮，一部分原因是從她的裝扮上，可以推測出她今天的心情，她總是在身上留下伏筆，讓你能夠從她身上「讀到些什麼」。有時候，她穿著很樸素，像個學生；有時候，端莊如淑女；有時候又突然變得華麗耀眼；有時候天氣寒冷，她仍然一身清涼性感。

穿著，是她的情緒的展演，也是她對生活品味的宣告。閱讀她的穿著，亦如觸及她深處流動的生命態度。

Jeny是多數女人的「誇張版」。雖然有人說她行為怪異，愛搞怪，其實，幾乎所有女人內心都希望自己像個千面女郎，除了追逐潮流、追逐換季拍賣，也忙著為自己千變萬化的企圖尋找新的解釋。每個女人都希望自己的朋友、情人和同事們注意到她外型上的改變，因為對女人來說，這同時也意味著對方關心她的心情。

服裝和裝扮，是女人的一種外顯的內在言語。

而男人方面呢？台灣男人似乎很少在這方面那麼忙。

一個流行時尚的調查研究裡發現，台灣男性，是世界各國男性裡最不注重儀容的前三名。環顧四周，你是否也覺得果然乏善可陳？

為了女人的視覺福利，我很鼓勵男人多多開發自己的「服裝語言」，另則，唯有男人投入心思在服裝打扮上，也才能連帶的對女人的服裝語言多幾分瞭解與尊重。

當前多數的男人不懂得運用服裝打扮來吸引女人，和表現自己生活的價值觀。當然，也因為這種習慣性的忽略，造成這方面敏感度的粗糙，他們對女人的穿著打扮，也常常沒有能力做細緻的解讀。

一位「資深的妻子」這麼說到 ：「我先生很邋遢，不打扮自己，也從來不注意我的打扮，我染頭髮、剪頭髮、穿新買的衣服，想裝扮得年輕一點，可是他竟然都沒有發現。」「只有我穿性感一點的睡衣、噴噴香水，他才懂得我的暗示。」她無奈的苦笑，翻了翻白眼。

這妻子，後來和一位小她七歲的男人發生曖昧，她告訴她的姊妹們說 ：「我遇到稀世之品了，他真是稱頭，很懂得看場合穿衣服，我猜他一定也很會營造生活情趣。」據說這男人有二個六尺長衣櫃，涼鞋、皮鞋、靴子零零總總加起來三十多雙鞋，學的是藝術，說得一嘴浪漫。

沒人知道她究竟是真的愛上這男人，還是愛上這男人豐富的「可讀性」？誰又能說女人不比男人好「色」？女人也期待有人為己而容。

而一個人若是改變了往常穿著打扮的習慣，也意味著：他有話要說，有事要發生了。

以邋遢著稱的小徐，在公司聚餐時，竟然西裝筆挺、頭髮還上了定型膠，吃飯期間，他還特別跑到女生桌去敬酒。在幾個熟同事的逼問下，他終於招認，自己喜歡公司那個新來的小玫，想藉這個機會吸引她的注意。有人跑去試探小玫的反應，小玫果然對他留下了一個好印象。

適當的穿著裝扮，是顯示自己的莊重，也是對別人的尊重。

有些情人在剛開始認識時，彼此都很注意自己的形象，然而隨著日漸熟識，往往愈來愈鬆懈，愈來愈不以為意。失去包裝的賞心悅目，又失去了服裝語言的可讀性，伴侶看得乏味，若是再加上你內涵不足，情趣缺缺，那感情真是岌岌可危。

在工作上，「專業形象」也是為自己加分的一環。

曾經有一個作品競賽，參加比賽的人各個都很盡力，有的熬夜通宵完成精彩的作品，但是整個人看起來精神憔悴又虛弱，在對評審解說自己的創意構想時，口沫橫飛，而且口臭薰人，手指頭在這裡比劃比劃、那裡比劃比劃，指甲上還黏著乾掉的萬能糊。即使再好的作品，看到創作者這款模樣，不被扣分也難。

服裝、台風與簡報的基本禮儀，都是構成專業形象的重要因素。梳理整齊、穿著正式再上台作簡報，是對評審的尊重，也是對自己品味要求的展現。

曾有一位應邀到學校演講的專家，學生久聞他很有見識，且研究成果卓著，很多人都打算要來聽講。當時，這位專家穿著七分褲、夾腳涼鞋，斜背著一個又舊又髒的背袋，在開講前他和學生一起坐在聽眾席，翹著腿還抖腳。坐在附近的學生不知道他的身分，有的看看他，起身換到別的座位去坐。直到演講時間開始，這位專家從觀眾席被邀請上台，頓時台下一陣騷動，大家瞠目結舌的聽他演說，但是像是神話破滅般，對他演講的內容都抱持著半信半疑的態度。

這就像是戴著斗笠去大飯店，或是濃妝豔抹的去參加別人的告別式一樣。不適當的打扮，不僅不能讓別人正確的認識你，甚至可能造成誤會和衝突。

所以，不要輕忽裝扮語言的影響力。

有時候，我們為悅己者容；

有時候，我們為悅己而容；

而有時候，我們也為敬人而容。

簡訊的異想世界

因為熱愛電話，對於更小巧方便攜帶的行動電話，幾乎成為我的「隨身寵物」。

有一天，我正在畫圖。「嗶嗶」，手機突然兩聲，我嚇了一跳，圖上染了一段黑墨。「就快完成了，誰來攪局！？」我心裡邊嘀咕，邊按開手機螢幕，見上頭顯示著一則簡訊：「嗨，明天我傳一則簡訊給你。」

真是吊人胃口，是誰呀！？我倒抽一口氣，心頭隱隱一把火，察看發信的號碼，原來是常用「嗶嗶」留簡訊給我的「那個人」。

這次他搞什麼神祕呢？我一邊苦思如何補救圖上這條意外的污漬，一邊想著機裡所暗示的究竟是什麼消息。明天，頓時變得有點遙遠，我竟然急著想知道謎底。

曾幾何時，我們各自發展自己的生活，鮮少碰面，後來漸漸地連電話也少打了。「既然見不著面，又何必聽聲音。」在這樣有點薄情又帶著詼諧的邏輯底下，我們開始把心情轉換成精簡的文字，以簡訊的方式與對方連結。

簡訊郵件，總是安安靜靜地等著被開啟，你可以貯存它，只需佔有很小的一點記憶體，你也可以刪除它，它會像被蒸發一樣消失得無影無蹤。

這種聯繫的方式，不用面對面，連對方的聲音都聽不見，無形中，你儘管說出自己想說的，絲毫不用當面承受對方的情緒反應，也因此，許多「很情緒」的事情，都藉由這條無形的傳輸線路浮現在彼端小小的螢幕上。

「我不想看他難過的樣子。」有人決定用簡訊來和對方分手。

「我怕他當面拒絕我，很難堪。」也有人擔心求愛不成，當場面子掛不住，因此，用簡訊來表白愛意。

「我想給她一個驚喜，但怕那個愛哭鬼又要感動得哭了。」有人把簡訊當成尋寶指示，要對方依照指示地點去拿禮物。

而「那個人」對我暗示的明日，會出現什麼後續訊息呢？我期待會是件美好的事。

隔天十點，「嗶嗶」，簡訊果然來了，「請開門，我正在妳家門外。」我半信半疑打開門，映入眼簾的首先是一隻超大的絨毛兔子臉，移開兔子臉，真的是「那個人」。

好多年沒見，他剛從南台灣渡假結束，晒得紅疼疼地。我把門完全敞開，心裡暗自慶幸這個驚喜的異事不是發生在昨天，昨天的當時，我正穿著睡衣在寫稿子。

帶著手機，也像隨身帶著一個迷你信箱。

「情人節快樂。」「生日快樂。」每年，我會收到幾則這樣的簡訊，「妳好嗎？最近過得如何？」每個月我會收到幾則這樣的問候。「新年快樂，記得許願！」「該連絡了！欠的咖啡也該還了。」按開信箱，一封封迷你的小信緘層層疊疊，有祝福，有叮嚀，也有追討感情。隨時隨地「叫」出來一一回味，極致意淫之濫觴。

有時，也慶幸手機拼字實在太不方便，不善言詞和喜歡偷懶的人，找到了合理的「長話短說」藉口，一切盡在寥寥幾字中，往好處看，也頗具有簡

潔之美。

由於既簡化，隱匿性又高，有時候，也淪為天涯海角大騙子的謊言放送管道。

「恭喜您，您中了頭獎。請速來電洽詢領獎。」手機不定時的會傳來這樣美麗的謊言，短短幾秒鐘就公然向幾十萬、幾百萬人投下迷魂彈。曾有博士、碩士學位的人都上了當，有年輕人、也有老阿婆一步步落入簡訊詐騙的陷阱裡。面對通訊詐騙的當代，聰明的你，在手機前莞爾一笑，幻想一下自己中了一百萬、一千萬，然後，當作是一則娛樂笑話吧。

七嘴八舌的討論

每隔一兩年，我會整理一遍自己的履歷，回首從前，看看自己做了些什麼事情。

我把許多資料都數位化，減少佔用櫃子和積灰塵。唯獨對於畢業紀念冊，我任它維持它巨大又厚重的形式，一方面是為了對自己提醒著，曾經同窗數載的同學之情，那份真真切切的厚實感。

曾在掀開畢業紀念冊時，發現一張好久以前的老照片，那是和一群同學在畢業後第一次「同學會」的合影，也是我人生中第一次參加過的大型同學聚會。那時候，我們青春洋溢，不經世故，約定每年春天都辦一次同學會，有同學賦予這聚會一個貼切又土氣的名號，叫作「相見歡」。

事隔幾年，照片裡的人各自起了變化，有人隨父母移民，有人來會上發喜帖，年紀輕輕地就步入婚姻，也有人搬家後就失去聯繫。春天的團拜規模漸漸縮小，小到後來，幾乎沒有人有興致再舉辦了。

看著相片裡每一張熟悉的面孔，我不禁想起那段日子我們是如何地緊密，因為固定的聚會維繫著，我們時時惦念著彼此。而隨著「聚會」的瓦解，情誼也像遇風的蒲公英失去了凝集，連打電話聊聊天都變得是「額外的」負擔。

我把相片夾回書裡，重重地蓋上這本紀念冊，但當年的笑聲在耳邊縈繞不去。我試著撥了幾通電話，迷你的小聚因此有了開端。

幾個還念舊情的

同學，由於多年不見，大家都很慎重的挑選聚會的地點，尤其是餐點、菜色特別講究，食物是絕佳的助興要件，這點大家都有共識。有人刻意安排假期，從國外回來，有人從中部、東部趕來約定的飯店碰面。要拖動一群人聚在一起，最不容易的，其實就只是要有一個人願意站出來牽線。

一群人在一起說話，七嘴八舌，具有很豐富的層面。有輕鬆的一面，有拘束的一面，有幾分演出造作的成份，也有它特有的寬闊和新鮮感。

在聚會中，當你說出一件事情，不會只有單向的回應，而會出現很多周邊效應。你的問題，很快地變成在場所有人思考的問題。當你說出內心的疑惑或是創傷經驗，參與聚會的人，總是會有人舉出自己相似的經驗來安慰你，也許說是陪你「一起尋找答案」。總之，你的孤獨感很快就被消除，這正是聚會的迷人之處，它在很多時候能發揮集體抗憂鬱的效果。

旁人成為你側面的眼睛，成為你擴充的頭腦，他們會提出你沒看到的部份，他們想到的問題，你不一定想到，他們甚至提出解決的好方法，其中有些對你確實有幫助。

愈多人聚會的時候，放射和延伸往往愈精彩。仔細撿拾每個人拋出的片段，那些話語，會讓你像是瀏覽過很多人生版本一樣。把每個人的生活經驗展開，並列在一起比對，你往往發現，你不是唯一遇到這種問題的人，你的際遇不是最糟的，而你既有的成就和幸福，也還有進步的空間。心靈在自信的恢復，與驕傲的消退之間，會得到一種巧妙的平衡。

而展現自己的行為，也是聚會裡難以避免的。因為關心彼此的發展，大家互相交換名片，總有人喜歡比較一下事業成就，有人則比較財富收入，沒有人願意在人群中屈居最弱者。所以在聚會裡有些部份，你所看到的、聽到的，可能是經過包裝過、膨脹過的。

由於每個人都是一個故事的發源點，而每一個人又涉入其他人的話題裡，每一件事情被放射延伸，衍變得也許更清楚，也許更複雜。以致於每一場聚會，到最後都像是一抹尾端散開的眉毛，需要有人扮演司儀，在一旁修修剪剪、逐漸收攏話題、提示結束的時間。

而有時候，大家會得到某種討論出來的結論，看起來像是一個「共謀」。

曾有一群女性朋友的聚會，其中一個已婚的女生提到她不滿意現在的生活，原因包括和丈夫之間的金錢分配、家事分配、居住地點等問題，旁邊有人附和，有人更提出車子的使用權、戶長該由男方還是女方當、孩子的教育方式、假期休閒由誰決定等，這使最初發言的女人發現自己還有許多權益應該要向丈夫爭取。

在座的其他女性，有幾個原本還覺得自己過得很幸福，聽了大家的討論，也開始質疑起自己的家庭地位是否受到尊重。這群女人在同儕效應的催化之下，共同的結論是：各自回家後找自己的丈夫「溝通」，其中幾個女人脾氣大、技巧差，把「溝通」操作不當，變成了「嘮叨」、「抱怨」和「抗爭」。

這樣的「並列閱讀」沒有發揮它的積極性，反而造成一群憂鬱的女人和憂鬱的丈夫。對於聚會上所見所聞，必需用自己的智慧去過濾、用理性去判斷。

其實，誰的生命長圖
展開來看，能從頭到

尾都完美無缺？誰家花園裡的花，能夠一年三百六十五天都盛開？在互相認識、比對的過程中，也別忘了多去看看人生多麼豐富，多有可塑性，自己的缺損不足，不也正意味著還有進步的可能性嗎？

無論是參加哪一種人際聚會，學生時代的同學、工作關係的夥伴、溫馨的家族團聚或是社團聯誼，我們為的是去加溫某種特定的感情關係，所以應該把力氣放在互相安慰與互相鼓勵上。

集體安慰，是很有力量的。當你感到沮喪、失意時，找幾個心腸好、嘴巴甜的朋友聚一聚。每個人都安慰你一句，你會覺得你得到「許多人」的祝福，而有幸福洋溢的喜悅。

把握住每個人在百忙中抽空出來的時光，讓它成為一個充滿價值的時光。一群人要同時挪出一段相同的時間，是多麼難能可貴，聚會總是如此刻意促成的，是一群「有心人」前來相聚，因此不要辜負彼此。

透過聚會之約，也學習在自己忙碌的生活中留白，跳脫出煩瑣，呼吸一下新鮮的空氣。

給自己一個機會，看清楚自己為何而忙、為何而活。聽聽別人的閱歷、看看別人的生活，然後想想自己現在的生活，是否有機會能活得比過去更好，是否能忙得更有道理。

枕邊細語

愛上一個人，是來赴一場千年之約。能與一個人相近一床之內，是一種千年的緣份。

幼年，我最喜歡夜晚的時光。那時父母親都下班回家，全家聚在一起吃得飽飽，作業也寫完了，然後洗個香噴噴的澡，穿上拖鞋，輕輕鬆鬆在月光下散散步。

睡覺前，更是一段美好時光，鑽進軟蓬蓬的棉被裡，母親這時候通常坐在床邊摺衣服，她不像有些同學的父母唸故事書給孩子聽，母親說的多半是一些鄉間流傳的奇人軼事，比故事書更有真實感。我會問母親很多很多的問題，一直到不知不覺中睡著。

有很多知識，也是在不知不覺中吸收的。現在回想起來，尤其覺得每天最後的那一段短短的床舖時光，反而是一天中最令我期待的。我和母親的感情，也許就是從小時候那樣夜夜身相近、心相通的過程中逐漸凝聚出來的。

床上遊戲，我也從不厭倦。我和小姊姊好幾年都睡同一張床，我們睡前會互相幫對方把辮子和蝴蝶緞帶鬆開，然後我們各自把頭髮撥亂，再把棉被披在頭上，裝作是女鬼的樣子，還拿枕頭互相偷襲。

天冷的時候，我們躲在溫暖的被窩裡竊竊私語，無論說些什麼都好開心，只要聽到我們又在棉被裡咯咯笑，母親就會過來拍拍被子，要我們快睡。總是這樣經過好幾次，我們才真的安靜睡著。那樣親密的說話經驗，說著笑著

直到睡著的感受，到現在仍使我們姊妹的感情很親密。

也許因為童年如此賴床、戀床，在床舖上有許多美好的回憶，現在，有許多事我也喜歡在床上作。我放縱我的身體，輕輕鬆鬆、懶洋洋的，有時靠在床頭邊看書、有時拿個托盤裝些點心上床吃、有時趴在枕頭堆上看電視。

走進家人的臥房，一起坐在床邊說說話、抹抹乳液、按摩一下手腳，分享一天的見聞和心情，嚴肅的話題變得比較感性，輕鬆的話題也變得更愉快。有時候，到要好的朋友家裡，能受邀請到他的臥房，坐在床邊看看他的收藏，聽聽他說說心底話，也是最盛情的款待。

床，是尺度最親密的傢俱，床第關係，是人與人之間最近的距離。人在床上，身體是鬆懈的，精神也希望得到撫慰。說些感性的話，或是，用感性的態度來說話，抓住這個定理，在情人關係上也能得到巧妙的加溫效果。

有一對結縭多年，感情恩愛的夫婦，他們就是善於在「抱抱時間」來段愛的呢喃。在某些情境下，耳朵也是一種性器官，性感和感性的語調，輕輕柔柔的撫觸，都會讓彼此身心愉悅，感覺幸福。

妻子的朋友很好奇的問：「你們睡前究竟都說些什麼啊？」這問題真是太私密了，但是既然是好朋友，這妻子也不吝傳授幸福祕訣：「其實也沒什麼太特別的，多半是問我先生工作累不累，要他好好休息，說我好愛他之類的話。有時候看他心情不錯，也會撒個嬌，向他要個小禮物。」

「妳還真懂得男人心裡。我也聽說在床上要禮物，成功率很高！」朋友一副要如法炮製的模樣。

「其實重點也不是在要禮物。只是我們每天工作下來，難得這樣說

說話，心情都很好，所以都睡得很安穩。」這位太太邊說，臉上洋溢著滿足的神采。

因為一枕之距的親密，即使是一些平凡的話，只要能施予溫柔的心，都會使感情親密的維繫著。

另一對夫妻，先生位居主管階層，太太自營公司，兩人平常工作都十分忙碌，深夜回到家，都已各自在外頭吃過晚餐。

他們兩人唯一能靜下來、空下來說說話的時間，往往也是上了床入夢鄉前的片刻。然而，這對夫婦談的話題，都是些尖銳不愉快的話題。太太常懷疑丈夫白天有沒有和公司女同事行為踰矩，不然就是抱怨自己工作好辛苦；先生則擔心著隔天股市開盤的情況，算計著帳單上哪些支出是該儉省的，結果兩人帶著惡劣的心情入睡，常常作惡夢。每天早上起床，看起來都一副沒睡好的憔悴樣。他們糟蹋了同一張床的親密特質，以錯誤的話題，和錯誤的心情，一分分磨損著兩人的千年共枕之緣。

距離愈近、關係愈親密，則說話要愈輕、心思要愈細、語氣要愈柔。枕邊細語，應該像一陣拂面微風，應該像一首動人旋律，能深深潛入對方的心底，延伸至他的夢裡，讓明朝醒來，彼此都充滿被愛的力量與自信。

親人不了情

當你功成名就時，有人羨慕你，有人忌妒你，有人心懷所圖想依附你，唯有你的家人，純純粹粹的為你驕傲、以你為榮、為你開懷。

而當你受傷、流血的時候，你感覺到疼痛，身邊的人會同情你，你的朋友會疼惜你，但是，只有你的父母會為你「心痛」。

只是這份驕傲、心痛的感覺，他們很少說出來。因為，那絕不是容易說清楚的感覺，它太深、太真，以致於言語難以負載。

親人說的話，通常澄澈而沈重。有時，澄澈到讓你不敢去照照自己，有時候，沈重到讓你覺得是個壓力。事實上，親人說的話，都是關心你的話，有時候你會覺得聽了很煩，因為他們說的話，都是要你「成長」、要你「平安」，也因此他們的話中像是藏著督促的皮鞭，又像是給你上了手銬腳鐐，教你得步步為營。

和他們說話，不能滿足你「撒野」的渴望，甚至他們為了保護你，他們會用各種聽起來刺耳的話，阻止你過度的冒險。

當你覺得自己翅膀夠結實的年紀，你漸漸不喜歡聽他們說話，很多心事和想法也不告訴他們。你覺得你和親人之間「無話可說」、「無話想說」，尤其是你的父母，你甚至覺得他們不瞭解你，他們說的話都只是顯示他們的威權。

你尋找朋友甚至加入陌生團體，你寧可投入未知，寧可去冒險。你要聽會讓人發笑的或是很炫的話，勝過紮紮實實的叮嚀。

然而，當你知道冒險需要付出代價的時候，當你跌到谷底身邊的人脈斷盡，自己傷痕累累卻得自己爬起來，這個時候，卻會自然而然

想起父母的叮嚀，並且忍著疼痛爬回那個曾被你認為是籠牢的家。你終於知道，自己不是親人們忠實的聆聽者，但是親人卻是最忠實的聽眾，即使你謾罵、哭泣、吶喊或懺悔，他們願意花時間為你沈澱情緒，也願意為你祈禱。再度施予你「成長」的機會與「平安」的祝福。

幾次經驗下來，你會發現，人生是個圓，最初的起點，往往也是回歸的終處。而人不能無根，家是你的活泉。親人，是最愛你的人。

也許，曾經不知道自己原來值得有人這樣愛，也許，你未曾相信天底下有人會這樣愛你。但是，人最終總是會有這樣的體認，親人，是人生中最美麗的奇蹟。

曾有一位心理諮商師，在生活上、在工作上開導過不下數百位受情緒困擾的人。然而，他自己最大的困擾，卻是當自己困擾時，不知道能找誰傾訴。

他曾這樣自白到：「我是個心理輔導人員，曾經讓許多悲傷的人擦乾眼淚、破涕為笑，讓許多絕望的男女，發現其實柳暗花明又一村。但是，每當夜深人靜，我想到自己人生的不完美，感覺到四周如此幽暗，自己卻無法排除這種憂鬱和害怕。」

尤其是，每當我有所恐慌時，身邊的人總是露出一副不可思議的表情，用訝異的口吻說：「你是心理醫生耶？你自己還有情緒問題？」所以，我一直偽裝成一個「永遠健康樂觀」的專業醫生，任由壓力和複雜的情緒一直積壓，其實有時候我感覺自己快要溺斃了。慶幸的是，我想到我還有母親，還有兄弟姊妹，我知道我什麼都能對他們說，在他們面

前，我可以很坦然。所以後來，每隔一星期，他會開著他的老爺車，穿越二百多公里回老家走走，回去看看父母。

前往有血緣的親人身邊，是很美好的一段路途，每個人，都有屬於自己的這一段路程，每個人都需要常常重返原點，讓自己清楚知道，自己是有根的，自己的人生有一群守護者，在最絕望的時候，還有地方可去。

從家人的無條件包容裡，我們享受著浮世裡唯一安穩的感情，暢遊於它的純淨，會發覺自己原來充滿被愛的價值。

親密愛人

成長到一個階段，男人、女人，都會被腎上腺素作弄，衝動的想闖一闖，想獨自飛一飛，因此離開了家。

離開了家，你的身心失去包被感，隱隱約約中，你想要再建立一個「新家」來安頓自己，而你還需要另尋親密的人。

茫茫人海，泛泛之交裡，你很清楚，陌生人頂多是朋友，這份感情，你並沒有獨佔的慾望。

直到荷爾蒙的作弄、費洛蒙的吸引，你愛上某個人，你想：就是他吧。想把他納為你新家裡的那個「家人」，事實上，這只是一種「假想」的關係。沒有血緣之親的人，即使距離再近，仍不會是你所想要擁有的那種真正的家人。頂多，稱他為「情人」。

情人，一個沉重的名喚。期盼時輾轉難眠，思念時魂縈夢繫，得到時得小心呵捧，失去時會錐心刺痛。在情人的關係裡，凡事都講「情」，凡事都使你「情緒」交關。

有人戲稱，情人，是幫你調整荷爾蒙的人，也是使你荷爾蒙不平衡的人。愛情使人失去理智？還是愛情裡本來就容不下理性？戀愛中的人，事實上往往失去理智到連這問題都不會去多想。

你任自己豁出去，滿嘴誇大不實的情話，有超越現實的甜言蜜語，有跨越時空的海誓山盟，「他」是你在人海中偶然邂逅的「最親密的陌生人」。

而多數情侶到了相愛的地步，更是不肯死

心的幻想著，希望和對方像「家人」一樣永遠在一起。強求彼此要很貼心、要很包容、要很忍讓、要赴湯蹈火在所不辭，像「家人」一樣。但彼此從來就不是家人，誰也扛不起這樣偉大的期待。

久而久之，彼此開始去強調自己的立場，自己的自由和價值觀，摩擦、不滿、爭執、冷戰和傷害愈演愈烈，當初，誰也不知道原來對方有這麼冷酷的一面，兩人逐漸轉變的「最陌生的親密愛人」。

小晴的例子，可以算是戀愛男女的經典實例。她對於不善於說情話的拙人還能勉強接受，但是，一個說氣話說得太嚴重的對象，她可是不輕易低頭。她和男友算不清是第幾百回合的鬥嘴，原本一個芝麻小點，東拉西扯的翻舊帳，也滾成一個大火團。

一回好端端的假日，他們又一次起了爭執而收不了尾，小晴負氣收拾行李，步出和男友一同居住的公寓。她漲紅著臉，怒火直往腦袋竄，在路邊隨手攔下一部計程車揚長而去。車子駛往車站的路上，小晴的腦袋裡一片空白，幾乎想不起來他們這次又是為何吵架。

到達車站五分鐘後，一班往南的列車正要開起，她回頭，男友並沒有追來，負氣上了火車，急急地搜尋月台上有沒有男友的身影，來來回回看了幾遍，始終找不到一雙也熱切找尋她的眼睛。

直到火車啟動、沿著鐵軌逐漸遠去，小晴再度回頭遙望車站，她多希望至少這一回眸，能看見男友喘嘘嘘趕到月台，然後懊惱不捨的畫面，但是，並沒有，她把頭轉回去，默默流下了絕望的淚。

火車一站一站地停靠，一直到鐵軌的最南端，車廂裡幾乎已沒有人了，一路上小晴腦海百轉千回同樣一個問題：「我要和他重新來過嗎？還是就這樣，讓這段情留在鐵軌彼端？」

情人的「情」字，就是為「心」所困。當感情不再、心意不再時，彼此也不再是情人了，甚至，這份心會變質為「恨」、「怨」、「愁」，變成滿嘴無情的話。

沒有一對戀人註定一輩子不分離，沒有戀人能像親人吵吵鬧鬧後，最終還是一家人。你甚至需要逆向思考：如果你想和誰一直在一起，就要小心吵吵鬧鬧的會惹惱了他。當你意識到這一點，得開始戰戰兢兢，說話要很小心。

既學著講究用詞技巧，也要懂得看時機說話、察言觀色。

你是他的愛人，你不能太撒野，你說話必需尊重他，讓他開心，難聽的話要適可而止，諷刺的話最好不要，否則，他很有可能跑掉，這一跑掉，連「朋友」都不是了。

這和其他人際關係最不同的是，「性」也是戀愛語言中重要的一環。

有時候，你們必需以「性」來證明「愛」，再多的言語也無法取代這件事。而「性」可以代表鼓勵，可以是一種贖罪，或是作為一種安慰，它有很多層面的語言性，從生物心理學的角度來觀察，人類的性行為和其他動物最大的差異，就在於人類的「性」帶有愉悅的功能，以及溝通的作用。雖然，它能使身心靈巧妙的結合，但是卻不保證能結合得很完美，你同樣需要學習技巧，也要懂得掌握時機、察言觀色，使彼此能因為這種語言而感覺到享受。

其實，情人，不是人生的必需品，你大可以不要這麼累；情話，也不是什麼值得登大雅之堂的言說，不學也無妨。但是，如果你克服不了腎上腺素、荷爾蒙與費洛蒙的引誘，你偶爾戀愛了，甚至終其一生你身邊總有

個伴侶，那麼就把愛的語言當作是一種挑戰吧！去相信愛的語言能使你的人生更精彩，你會更靈活、更感性、也更不理性，而且，你將會漸漸進入愛中有恨、恨中有愛，愛恨交織的奇妙境界。

三五好友

友誼，不如愛情那麼濃郁。但是，你可以比對愛情來得貪多。

同時交往好幾個情人，必定會攪亂你的心思，但同時擁有好幾個朋友，卻使生活開起更多的窗口，感覺通風舒暢，又有綺麗多樣的景色可以欣賞。

人與人之間，要成為朋友，其實非常容易，你幾乎在每一個人的身上，都可以找到交往的價值，只要彼此有一個嗜好相同，有一個理念一致，有彼此心儀的地方，或是個性上互補，或是你們各方面都很不相同，但是你們就是喜歡分享彼此的不同，總之，只要心裡有這意願，那就可以成為朋友。

曾有人覺得自己很孤單，因為他沒有其他的兄弟姊妹，然而父母就是只打算生一個獨子，這部份的命運，已是既定的。我也曾想過，如果我有一個弟弟或是一個妹妹，是不是人生的角色能夠扮演得更完整，體驗能夠更豐富？然而，人生有些部份，需要他人的配合與成全，並不是自己一個人能決定的。

上天畢竟開啟了另一條路，那就是讓每個人自己去尋找、去增添更多的伙伴，祂毫不限制我們可以交幾個朋友，每當你發現原本陌生的人，竟然有某個小地方和你有雷同之處，心裡油然而生天涯遇知音的喜悅，生活，因為有這些朋友的幫助，而更加的順利；有時候也因為幫助朋友，而發覺自己其實很有能力。

你可以自由地為每個
朋友定一個保存期

限，你可以真心、用心地在友誼裡不斷添加防腐劑，延長它的壽命；當然，你也可能被人捨棄、淡忘，不再視為朋友。但是，你手上始終握有一個主導權，就是你可以再去尋找新的朋友，織補更大更寬的人際網絡。

也因為各種理由都可以結為朋友，當你一一列出你所認識的朋友、好朋友、熟朋友或是損友的時候，你會驚覺你竟然擁有很多種個性不同、價值觀不同、性別不同、年齡不同的人際感情。你好富有，沿著這些四通八達的路子，你大可以活得更有聲有色。

清友，雅友，慈友，智友，禪友，是朋友裡的五種極致之交。

和清心廉潔的朋友在一起，你會自然卸下所有的防衛，敞開心胸思索人生的終極價值。你觸摸到在源源不絕的慾望底層，其實原來只是因為自己不知道該求什麼。你開始思考自己是否因為盲目的迷戀物質，而流失了寶貴的情操，你開始想要活得像水晶般堅強且澄澈。

結交文雅的朋友，可以使你的生活更有意境，更有品味。他讓你有種想好好地陶養自己的願力。你忽然驚覺不想再隨隨便便的活著，不想活得太粗糙、太庸俗，你發現自己其實擁有一個很優雅的靈魂，也因為這個發現，你開始看得見世界上有許多雋永的人、事、物，值得你去追尋，去感受。

而慈善的朋友，使你活在明亮的地方，你跟隨著他帶著火把，去每個照亮黑暗的角落，你變得好溫柔，讓脆弱的、無力的人都想撲倒在你的懷裡，你每付出一分愛，就看見自己還有下一分愛的能量可以付出，也發現自己愈付出愈快樂，於是你一直付出，一直發現自己的愛源源不絕。在愈掏愈多的過程中，你發現溫柔的人最有韌性，付出的人毫無匱乏之憂。

而有小聰明的朋友，他們也許可以給你一些意見，甚至是掏出錢來，幫你解決眼前的問題。然而，有智慧的朋友，他不一定涉入你的困境，他不一定為你大費周章、大動干戈，然而，他會直接解開你的心結，讓你往後遇到情緒困擾時，懂得如何自我調適；他會在你陷入困境時，讓你發現自己的力量，然後自己游回岸上。往後，即使他不在你身邊，你也知道如何自我拯救。

與瀟灑而自持的朋友，一起實踐禪意的生活，會使你活得很實際，但卻不現實；即使不富裕，卻很滿足。你活在現實人生中，但卻毫不受世俗擾嚷的羈絆。你活得很有精神，你知道得裡有失，失裡有得，因此你不會太驕傲，也不會太悲慟。像是一杯水，對自己的質性深具信心，而不在意外界任意的扭曲。

人生中，若能得到這五種良朋益友，日子可以過得乾淨，很優雅，慈悲寬厚，而且樂在人生的深奧、自己追尋的簡單之中。但是有時候，你想想，自己在朋友心目中，又是哪一種朋友呢？

你像一條圍巾，在冬天時給對方溫暖，然而夏天的時候，是否還緊緊纏繞在他脖子上？

你是否說要幫他看好廁所的門，其實卻偷看他上廁所？

你們認識好久了，仔細想來，彼此好像沒有因為對方而成長，但是，至少能使對方快樂、忘憂嗎？

朋友是沒有合約的，可以很淺，也可以很深；可能很近，也可能很遠。有很多理由，有很多巧合，某些人會和某些人遇在一塊，同樣的，很多因素會也使彼此分開，即使沒有特別的理由，久未連絡，久不經營彼此情

感關係自然就漸漸淡了。

對友誼，不要太強求，也不要太感傷。

你在生命的曠野之中，畢竟只能走在屬於自己的人生路徑上，頭上有鳥飛過，溪裡有魚遊著，偶爾，有野兔跟著你蹦蹦跳跳一段路，有時候，背包上也許攀著一隻蚱蜢，無論是一個人或是有幾個伴，你都要毫不猶豫地繼續向前方走去。

戰友與敵人

命運，或是自覺，會在某個年齡把你推上社會生活的前線。為了實現志趣理想，你要在廣大的天地間開創出屬於自己的一塊版土；你也可能單純的只是為了餬口生存，所以去找一份工作來做。

總之，每個人遲早都要進入工作的戰場、生活的戰場、理想的戰場，在各自在職場分土裡闖蕩。偶然遇到有緣一起工作的夥伴，一同耕耘，一同面對困難，與其他團隊競爭市場的大餅。原本陌生而毫不相干的幾個人，卻因為目標一致，經驗同受，醞釀出一種微妙的革命情感，緊密如袍澤。

同舟就需共濟，這是小趙行走職場的理念。他為人圓滑、工作謹慎，和同事向來相處和諧。在工作上，從不吝於支援別人，在情感上，也常常和同事們一起抒發苦悶、互相鼓勵慰藉。多麼美好的感覺。同事之間彼此相互信任，一起努力工作，興旺公司業務，一方面，大家的薪資又足以養家活口。小趙一直對自己的工作環境很滿意。

在公司規模逐漸擴大之際，應徵了一批新人進來，其中小張是小趙同學校畢業出來的學弟，兩人有了這層關係，聊起話來特別投緣。在工作上，小趙更是以學長大哥的姿態，毫不吝惜的傳授許多經驗技巧給小張。

他很自然地也把小張列為「好夥伴」，甚至當成是更親近的「小老弟」，心裡對於工作或

生活上的諸多感觸，都毫無戒心的和他聊。

這些話全聽在小張心裡，他不懷好意地把小趙話裡的牢騷轉述給總經理聽，而小趙對工作努力的一面，小張卻隻字不提。

過了好幾個月，例行的考績評定結果出爐。一向表現不差的小趙，這次得到的評等竟然很差。他非常難過，同事們也都大感意外。評等公佈後，小張趕忙過來安慰小趙，還幫著他數落公司不懂人才。而他自己的業績雖然並不突出，卻得到「最有潛力新人」的獎勵。

由於評等的高低，直接攸關職務升等和薪資加給的條件，小趙按耐不住滿腹疑惑，隔了幾天，終於決定拿著自己上半年度的業績報表，去找總經理問個明白。

總經理用異常冷漠的眼神看著他，淡然地說：「你是不是對公司很不滿意？」小趙愣了一下，搞不清楚這話從何而來。當總經理一則則的數落他的「不當言行」時，小趙心裡總算明白，原來自己被小張這個小老弟給出賣了。

「真令人心寒，難道對人真的不能不設防嗎？」曾經有一個很信任朋友的小趙，一天失魂落魄的走回自己的座位，此時他眼裡所看見的公司，不向從前一樣溫馨，同事們也不再親如兄弟。他想起好多年前，公司裡一個主任用行政方式侵佔了他的業績表現，還惡人先告狀向總經理參了他一本，當時顧念是同事，小趙因此沒有多作申辯。那年他因此沒獲得加薪，悶氣一陣子，他很快就釋懷了。而現在眼睜睜的，他又再度被同事小張陷害，不禁感嘆，原來公司也是一個戰場，袍澤之間也有敵人。

小趙很想保持長輩的風度，原諒小張，但是左思右想，實在嚥不下這口氣，他決定要為自己的生存而發威，如法炮製的對付小張。在

幾次團隊合作的機會裡，小趙在工作報告上，都指出小張的疏失和不負責任。他心想這下子小張應該會吃到苦頭。沒想到總經理已有先入為主的觀念，仍然對小張很信任，倒是認為小趙是在挾怨報復，還把小趙找進辦公室訓示了一頓。

小趙深受打擊，他無法再像以前那樣專心工作，也無法再信任合作的夥伴。內心掙扎撐了一年，「薪資」清楚的反應出小張受賞識，而他則是個被凍結了的前輩。在他決定要離開這個公司的前一天，他把小張找到面前，開門見山的問到：「我只想知道，我是否遭到背叛？」他要小張親口向他認錯，這樣他才走得甘心。

小張一本正經的說：「我沒有對你做了什麼啊。但是還是祝你能找到更好的工作。」

「好一隻狐狸！」小趙心裡氣極了。離開公司隔了一年，他又聽以前的同事說，小張升官了，小趙心情更是悶到極點，他忍不住對妻子大吐怨氣，咒罵小張這恩將仇報的傢伙。然而，當妻子把手環在他肩上，溫柔的安慰他，小女兒在一旁天真無邪的唱歌時，他忽然頓悟，自己和小張不過就是個同事關係嗎，彼此在一起共事，各自為家庭奮鬥，沒有一定要成為好朋友的義務，甚至彼此間本來就具有利害關係，這似乎是正常的，自己又何必為此生這麼大的氣。

好好的作好自己份內的工作，期待工作換取薪資報酬，但不要奢求工作也能得到感情方面的回饋。你和工作夥伴，彼此分擔的是責任，分享的是經驗，但是，別忘記彼此也分食同一塊大餅，可謂亦友亦敵，非敵也非友。

所以，不必刻意去相信任何人，也無須對

於背叛太過驚訝。以平靜和坦然，為自己佈置出一個能專心投入工作的心靈狀態，多著眼於公事，少牽扯複雜的私情；多運用理智，別被你的情緒牽著走。

老鳥與新人

在工作夥伴中，如果彼此的關係不是平行的合夥人，則最犀利的組合關係，則是領導者與被領導者。這也是多數人在工作倫理中，最大的人際壓力來源。

一位二十出頭的年輕小夥子阿志，在工作七、八年的資深老鳥眼中，可說是初生之犢，論輩分排行，理應敬陪末座。

不過這個「七年級生」，不僅沒有初生之犢的羞怯，反而仗著年輕氣盛，常常毫不忌諱的當著許多老員工前，大放厥辭的發表他的「個人主張」和「肺腑之言」。有一回，同事們一起偷閒喝個午茶，正巧嚴格的老闆進公司來巡查，一時之間大家都慌了手腳，有人趕緊把餅乾塞盡嘴裡，有人的熱茶潑得一身，燙得好痛卻不敢吭聲，老闆用犀利的眼神掃描了一圈，和顏悅色的說：「大家繼續啊。」不過，沒有人敢真的繼續下去，最近公司業務狀況不佳，老闆心情沈重可想而知，大家心知肚明，各自回到座位上工作，只有這個菜鳥阿志悠悠哉哉的說要把咖啡喝完。

他邊喝，還邊嘟嚷著說：「老闆和員工不都是人嘛！大家都是出來討生活，掙口飯吃，為什麼要把關係搞得這樣緊張兮兮的。」說完，還嘻皮笑臉的看著老闆說：「老闆，您說是不是啊。」

頓時公司一片沈寂，老闆的臉色青一陣紫一陣，怒氣和尷尬交織成令人發毛的表情，同事們都替阿志捏了把冷汗，在他們這些「老一輩」的觀念裡，「階級倫

理」可是很重要的一件事，所謂「長者為尊，金主為尊」，基於禮貌和薪水，員工都應該要很尊重老闆才是，何況是一個初入社會的年輕小伙子。

老闆離開後，有同事實忍不住勸告阿志：「說話要自己『過濾』一下啊，說些好聽的、禮貌的話，你才不會吃虧！」阿志不在乎的吐吐舌頭，回了一句「我又沒說錯什麼」。

新時代炒熱了人權、民主的觀念，也解放了新一代年輕人對輩分、倫理觀念的重視。很多人認為工作靠的是實力，人與人之間，應該都是「平等」的。阿志並不認同上司與下屬這種「上」「下」關係的定位方式。就道理來看，阿志沒有大錯。「經營者」掌握威權和獲得利潤，「員工」也需要工作尊嚴與薪資報酬，雙方所需要的，其實都是相同的東西。要是能夠水幫魚、魚也幫水，互助合作才能求得雙贏。

然而，雖然「道理」可以說得這麼有「道理」，但也不過只是個「理論上」罷了。人性中除了理性，還有很複雜的情緒，語言溝通的效度，不單是合理就可以，往往還摻雜「感覺」的成份。

在典型傳統的企業公司體制下，員工若是提出較為尖銳的意見，或是用了較刺激的語句，多數都被上級視為是一種「反叛」。

曾有一位行政秘書，平日工作時間很長，且必需支援公司各部門的文件整理工作，可說是既勞心又勞力。工作了一段時間，他發現公司在行政流程上有許多可以精簡的地方，但是他的上司對他說：「公司請你來，是執行工作，不是提出意見。」他又試過幾次，提出自己認為對公司很有幫助的想法，他的上司和上司的上司，都同樣給他一個冷漠的眼色，還暗示他另謀高就。

最後，他終於說服自己乖乖閉上嘴，只要去「執行」份內的工作就是了。作決策，不是他的權責，修改決策，也輪不到他。在一個權責嚴明的公司，適時的沈默，有時候對自己有益，至少能保住飯碗，

另外有間公司，每年度都會發給員工意見調查表，要員工填寫工作心得和對公司的期許。多數的老員工都沒有繳回這張問卷，少數有繳回的，也多是填寫一些「粉飾太平」的答案。

難道這個公司這麼完美，員工都這麼滿意嗎？原來問題出在曾經有一個老實的員工，因為填寫問卷時提出太多自己的「歧見」，後來被人事處約談，口頭「告誡」了一番。大家才明白這問卷不過是在作「服從度測試」，所以乾脆當個沒有聲音的乖員工，明哲保身。

每個人的見聞與能力，都是有限的，也各自有各自的特色。能互相交流、整合，必能發揮更大的力量，兼顧更全面的利益。然而溝通的時機與技巧，卻是首先要美化的。

無論位階高低，無論職務專長，沒有人願意被指責，人人都希望被尊重。因此，在善意的提出意見時，或是聆聽別人的意見時，互相尊重的態度，以及用「建議性」的語詞代替「批評性」的字眼，以「信任的評估」代替「輕蔑的否決」，是領導者與被領導者之間雙行不悖的原則。

另一個重點是，在溝通的過程中，不要急著想作定論。

有些用心想健全溝通管道的公司，會以討論會、聯歡會、聚餐等形式來邀集全員參與。有些高層主管為了表現親切感，也都和員工們坐在一起。然而常常發生的現象是，多半的時間都是上司在發言，而員工們只是沈

默的聆聽著。

有些上司雖然注意到應該適時讓出發言權，但是當員工發言時，他卻又忍不住中途打斷提出「修正」，有的更是不自覺的一直說：「你們先聽我說！」

管理階層的職務，往往都很重視整體的效率。也因此，習慣以有效率的方式去縮短工作過程，但若是原本以傾聽為主的溝通會，也急著去釐出重點、統合意見，而常常干預員工的發言，這對於員工來說是一種自信心的傷害，也是感情上的傷害。

雖然，經營者必然有一定的領導才能和見識，值得下屬多學習；然而，下屬也有自己的歷練與專長，有些意見，也許能為公司帶來一番新的發展。如果，你是一個聰明的主管，有心在各懷絕技的部屬腦袋裡發掘寶藏的話，那麼，就要學習偶爾放下手上的令牌，把員工視為你的「朋友」，然後把自己的鋒芒收斂，溫和微笑，禮貌的沈默，雙眼注視著對方，耐心待他把話說完，且用客觀的心，去分辨在那些意見裡頭，有哪些是對公司有幫助的，哪些只是情緒話，不要放在心上。

對事而不對人，是一種優雅的溝通藝術，也是身為上司的氣度。而一個能有機會發表意見，並且在發表意見時得到尊重的員工，必然會對自己的角色有信心，進而真誠地去作這份工作，為公司創造更好的績效，這是「互相尊重」所產生的善力循環。

童言童語

有人說，小孩不會說謊，小孩子沒有煩惱。

然而，我相信小孩的天真，但是卻認為小孩所說的，不一定都是實話；而且有很多感受，他們不一定會說出來；有些想法，他們也不知如何表達。

一位朋友的女兒今年剛上小學，這小女孩個性活潑外向，上課很難安安靜靜坐好聽課，下課一玩起來狂奔大喊、頭髮散亂、衣服也常常弄得髒兮兮。同學們都不是很喜歡親近她，有些人甚至罵她、笑她，但是這小女孩不曾生氣，她總是一副無所謂的樣子。

「傻大姊一個。」我那朋友Nacy私底下也這樣調侃自己的女兒，她雖然頗感無奈，卻認為這是孩子的天性。

有一陣子，Nacy發現女兒的胃口變差了，原本喜歡吃的東西，現在都擱著，而且一副無精打采的樣子，說話也不再大嗓門，有時候甚至很沈默。她看女兒這麼反常，開始有點擔心，帶著女兒去好幾間醫院看病，卻都檢查不出什麼異狀。

就這樣束手無策過了幾個星期，有一天，Nacy收拾女兒的房間時，無意間在一本故事書裡發現一張揉皺的紙片，上頭寫著：「Eric，為什麼你都不理我了呢？我們還是好朋友嗎？我好想和你一起玩。」紙片的右下角署名她的英文名字May。

這母親看了之後，恍然明白女兒最近反常的表現，原來是因為情感上有困擾。

Eric是May隔壁班的一個小男生，上學期的時候，兩人都在附近的課輔班上英文課，下學期Eric沒繼續補習，因此和May見面的機會變少了，偶爾兩個人在學校碰著面，也沒有什麼話題好聊天。May對Eric很有好感，Eric的冷淡，使她心裡很難過。

誰說小孩無憂無慮？小孩也有小孩的愛和思念，小孩也會害羞，對一些私密的心情感覺到難以啟齒。

父母有時候必需透過一些「線索」和反常的現象，像是孩子的神色、圖畫、遊戲過程、攻擊性等，來瞭解他們遇到了什麼情緒困難，才能幫助他們一點一點地去理解人情世故、學習表達自己的心情，尋求幫助。

May在母親的安慰和開導後，漸漸能理解Eric不再是英文班同學，所以彼此見面的機會自然變少了。她也學習如何使自己看起來整潔、守規矩，說話小聲一點，動作收斂一些，使同學和她在一起時能感覺到自在舒服。經過一學期老師與Nacy的合作誘導，May的人際關係大有進步，大家也發現其實May有很細膩的一面，她對朋友非常的友愛。

小Tony是另一個案例。他一直很希望能和父母親近，享受被關懷的感覺。但是父母常以工作忙、很累要他閉嘴，還對他說「你是個男孩子，不可以愛撒嬌。」

他們一向簡化孩子的需求和心思，認為：「小孩子會有什麼重要的事？還不是就是要錢買玩具。」

未審先判的父母，使孩子很多心事無處可訴，小Tony的心情一直都是很低落的，精神上他也感到很孤獨，有時候，他轉向找玩具出氣、撕紙張、亂丟垃圾、拿石頭丟狗。每當他的父母發現玩具被他破壞了，只是一味的責罵他是個「不乖的野孩子」，要他罰站背書，不然就是挨一頓打。

他的孤獨感和偏差情形，直到有一天在校園發生「虐蛙」事件才受到正視。

那天學校有一堂課要觀察青蛙。上課時，同學們圍著大牛蛙指指點點，有人說牛蛙長得好噁心，有些頑皮的同學拍打塑膠桶嚇牛蛙。小Tony忽然間伸手到桶子裡，一把就把這大牛蛙抓起來，而且緊緊地捏住，牛蛙幾乎被他捏得變形，大家都尖叫起來，老師看到這一情形趕忙上前制止，放學後，連忙打電話和他的父母溝通這件事。

父母經老師這麼一提，回想小Tony平常對玩具和小動物的暴力行為，才漸漸發覺孩子的心裡真有些情緒問題。他們開始改變態度，每天儘量撥出些時間關心Tony的作業，和他說說話，也尋求心理輔導老師幫助Tony。但這孩子因為長久以來親情受挫的經驗，在內心築起一座高牆，連對父母都很不信任。要撫平他心裡的傷痕，成為一個有幸福感的小Tony，還有一段好長的路要走。

小孩的世界，也有困惑，也有情緒起伏。他們不是只需要吃飽、睡覺、心靈乾枯的娃娃。一個孩子能擁有健康的身心，需要身邊的大人們願意專心的、當一回事的聆聽他們的心語，陪他們一起探索生命、讓他們對生命有熱情。

關懷，是最原始的語言，連剛出生的嬰孩都能明瞭。你學著他咿咿呀呀，你看著他的小眼睛，你擁抱他，他都會感覺到你的愛，他會笑得好開心，他也會觸摸你、擁抱你。

曾在一篇有關性感迷人的瑪麗蓮夢露兒時記錄裡，述及她委身寄養家庭的經驗。

當時小小的她，在女主人化妝時總是偷偷在一旁觀看，期待著自己長大後，也能像她一樣美麗。有一回，女主人看看小瑪麗渴望的眼神，隨手以粉撲沾了點粉，輕輕撲在她的小臉上，只是這麼短短幾秒鐘，這麼不經意的分享和關懷，讓一直乏人關愛的小瑪麗蓮夢露覺得心裡好溫暖。直到她成為國際知名的巨星，她仍記得過去這一段。

這故事讓我想起我為姪女塗上護唇膏、口紅，稱讚她好漂亮的時候，她那興奮又感激的表情。我買了畫圖簿給她，要她好好畫圖時，她每回見著我就會認真的翻開畫圖簿，向我展示她真的有用心的在畫畫，說著畫裡她所要表達的事。

對幼小的孩子來說，他們言語技巧有限，甚至他們不知道如何表達自己的需要，然而，他們已有敏銳的感受力，你給她的任何感情上的溫度，都足以影響他們未來的人格。即使只是小小的一個愛，對他的一生，也許就是一個很重要的轉折。

孩子們稚嫩的心靈，關心的都是柔軟的事，小貓的鬍鬚、小狗的微笑、星星亮不亮、太陽今天出不出來，花什麼時候會開，聽他們說話時，像是進入一個忘憂的世界，讓大人謙卑的想重返那個自己也曾經歷的童真。

不要認為聽孩子說話是在浪費時間，那反而是最寶貴的時光，想想你的一生中，有多少時間，能像那時候那般不為俗塵所俘虜。

長者智言

當前的人類，正歷經醫藥發達的長壽年代。無論是街上、社區、家族裡，每幾個年輕人裡，就有一個老者。

我並不喜歡社會經濟學對於這現象的分析：「人口結構的高齡化，加上年輕人生育率的降低，使老人成為年輕人沈重的經濟負擔。平均幾個年輕人，就要供養一個老人。」這分析在經濟層面上固然是對的，但就感情上，我不希望老人被視為包袱。老人只是現在需要休息、需要被照顧，他們也曾經貢獻出自己的青春，才拉拔起眼前這批年輕孩子。

我喜歡握著老人家的手，皺褶多、厚實、佈著褐斑卻很溫暖，握著一雙歷經歲月的手，有種安定心情的沈穩法力。

看那一頭銀白夾雜灰黑的髮絲，彷如千迴百轉的人生長河。看著他們如此一步步走來，聽他們細數青春的想望、壯年的奮鬥，又看著他們走向老邁，你會瞭解自己也將像他們這樣「自然的」走下去，人生就是如此，沒有什麼好疑慮的。

外婆晚年時，已有三四十名內外孫，加上記憶力有些衰退，要叫喚某一個孩孫時，往往會叫錯好幾個其他孩孫的名字還叫不對。她常常自嘲的說：「阿媽要死了，連你們的名字都記不清楚了。」我聽了心裡好疼，好捨不得。

她總是笑著看年輕人，總是說每個人都是乖孫。她不在乎吃好穿好，她只要孩孫常回去看看她，陪她說說話。老人的眼界，老人的心胸，非常寬廣，非常單純，且充滿著愛。

然而，他們活得彷如一只倒數計時的沙漏，他們對未知有所惶恐，他們有壓力，也有憂鬱。有時候，他們會想要把累積一世、摸索一生所得的智慧傳承給年輕一代，他們急切，且殷殷叮嚀，聽起來像是說教，像是嘮叨。

因此，許多年輕人不喜歡和老人在一起，沒有耐心聽老人說話。當他的祖父母、外公外婆，或是年邁的叔叔阿姨招喚他說：「來我身邊坐坐吧。」他通常會藉故開溜。

我嘗在想，老年人在年輕人身上很少能尋得慰藉，或許如此，他們只好依附於有歷史感的老東西。老人與老樹，就有著一種相襯相惜的奇妙引力，老人們喜歡聚集在盤根錯節的大樹蔭下歇息、談天，那種長長久久的人生資歷，也似老樹幹裡一圈圈緊密地年輪。

曾有一群老人坐在一棵百年榕樹下談天，其中有一對老夫妻很感慨的訴說著自己晚年的處境，他們育有三名子女，幾年前這三名子女都已成家立業，分居在不同的城市。為了「公平」分擔照顧父母的義務，他們兩位老人家每一個月輪流由不同的孩子照顧，也就是在每個月的第一天，他們一早就得拎著行李、搭著火車，前往另一個孩子住的地方。

有一回，老大一家人月底要出國旅行，因此要父母提前到老二那裡去住，離月底還有一天，這對老夫妻心想時間也差不多了，於是收拾行李，搭上火車到了老二孩子住的城市，他們在車站時才打電話給老二，要他來接他們。沒想到這孩子竟然說：「又還沒到下個月初！還有一天耶，你們先回大哥家住，月初再來吧。」老父母一聽，心都

沈了，他們就這樣帶著行李，在火車站過了一夜。

這個故事讓許多人哭了。老人們流淚，是因為感慨；有的年輕人聽了也哭，是因為想到自己有時候對待父母，也是這麼的冷漠。

年輕人雖然擁有青春，但對於時間的割讓，卻是很吝嗇的。嘗聽說有些年輕孩子寧願回房間睡覺，也不願撥出一些心思來關懷家裡的長輩。

「他們太老了，過時了。」有的迷戀青春主義的小毛頭這樣批判老人，他展現自己的肌肉，跳高難度的街舞動作，裝俏皮可愛的模樣，渾身充滿精力。但是，過時的人是有價值的。

人老了，經歷一段夠長的歲月，才能累積出豐碩又紮實的歷練。每個老人，都經歷過許多事情，有許多人生人事的體驗，像是一本活字典，也像是寬闊而豐富的海洋。

我曾向一位老教授請益。我說：「人生難免困惑，但是困惑的滋味，真是不好受。」

這教授聽了，很輕鬆的回應到：「困惑沒有什麼不好，人在困惑的時候，為了尋找答案，心靈反而能敞開大門，準備吸收更多的東西。」

這話讓我茅塞頓開，後來再遇到問題時，心情使能夠很快地平靜下來。

確實，人唯有在困惑的時候，才會感覺到自己無助、沒有能力，感受到自己其實很渺小。因此，才能虛懷傾耳，認真的聽聽別人的建議、想想如何使自己更成長、更有能力；困惑是促使你更上層樓的契機。

在年輕的當下，往往以為這是苦，老人家以過來人的經驗來看，卻能預視這是個福分。

每個人的人生，要走過的路、要歷經的起伏，都具有某種相似性、同質性，能走得比較順利，或是走得坎坎坷坷，最大的差別在於你是否有先見之明。而老人，正是提供你先見之明的預言者。

多和他們說說話，你以為自己在浪費時間，其實，是他們把生命的餘暉奉獻給你；多相信他們說的話，也許一時聽起來像是老掉牙的古板想法，印證之後，卻往往發現那是經過沈澱、焠鍊過後的精髓。

角色優勢

當你有機會站在高處時，把握這個時機，好好地展現你自己，說出你的想法，呼喚那些你想要他重視你的人，讓他注意到你的光芒。

有許多人靠著把握這樣的機會成功了，無論是事業更上層樓，或是愛情更加契合。也有人以為這樣的好機會還很多，鬆手把機會給錯失了，繼續承受著不被瞭解的抑鬱，甚至錯過可以解釋澄清的機會，而自己的優點也毫無彰顯的機會。

曾有一對互相都有好感的男女，兩個人個性都很害羞，誰也不好意思先開口表白。女方心裡猜測著男方到底喜不喜歡她，而男生也是怯生生的刻意和女生保持距離，這樣曖昧不明的關係持續好一陣子，女方在朋友慫恿下，曾在假日藉故打電話試探這男生，結果發現這男生並沒有約會。她像是吃了定心丸，稍微放開了膽量，對這男生透露她也沒有固定的約會對象。

機會登門，沒想到這男生卻對自己沒有信心，他心想這女孩條件這麼優秀，一定不可能會看上他，就這樣繼續曖昧不明的拖磨了幾個月，一個明目張膽、單刀直入的追求者出現，就把這女生給追走了。

這是多可惜的事，當機會降臨，卻沒有把握住。而這種不當的「謙讓」，其實是因為無法克服自己怯懦的性格。平常看起來沈默安靜所謂的「乖小孩」，也很容易因為這樣彆扭的矜持而吃悶虧。

有一個在學校操行優異、課業也不錯的男孩小康，看起來總是安安靜靜，從不跟同學打

鬧或計較。他住家附近，鄰居種的花木常常被折斷、汽車被刮傷、小狗被噴漆，鄰居都在尋找「兇手」。幾個調皮搗蛋的孩子都指著阿康說：「是他！」阿康面對那些大人們的責罵，總是低著頭，靜靜的啜泣，只有他的母親相信他是個乖巧的孩子，絕不會做出這些惡作劇的事情，每次都出來替他撐腰，要他指出到底是誰幹的。但是阿康這孩子只是氣得發抖，始終不發一語。這樣過了好幾次，到最後，連他的母親都對他產生懷疑。

錯過了「焦點時刻」，別人就會以他自己的想法幫你貼上標籤了。你這次翻不了身，只好等著下一次把握住機會，如果你一再的錯過，機會甚至不會再來眷顧你。

你大可以主動出擊，創造機會。當你鼓起勇氣，決定要有所表態時，你可以自己去爭取機會，去佈置舞台，去邀集聆聽者、見證者來垂聽你的心聲。你會發現，原來自己可以為自己的人生創造出幸運，自己可以決定在台上待多久，而你掌握著麥克風的時間，可以比你所需要的更久。在你擁有充足的金權能力，當你角色搶眼位處優勢的時候，就要懂得把握機會適時地說說話；如果你希望進一步得到別人的意見，則在訴說的過程中，記得留下空間，讓台下的人有機會介入，與你對話。

你也大可以把這幸運分享給其他人。當你該說的話，想表達的、告解的，都說得差不多的時候，那麼，記得把目光移向台下角落，看看那些還身處劣勢的人，裡頭有些其實光芒閃爍，有些人則隱忍著委屈。讓出舞台，把麥克風遞給他吧！你的慈善，將使他有機會登上高處，成為焦點，所有目光投向他，所有的耳廓接聽他所說的話，而你也可以聽聽他的見解，也許你的慈善，回饋給你的是一個驚奇的人才

和他卓越的洞見。

所以，不要害怕坐在台下的時刻。因為台上的人，需要台下的人潮才能「受矚目」。「受矚目」是一種愉快而有自信的感覺，所謂當紅的明星，幾乎都比出道之初更帥氣、更美麗，很大的原因是來自「自信心」和「被重視」。坐在台下、身為一個聆聽者的時候，你能發揮的，就是這麼有意義的作用。除了利他，你同時也能利己，當你在台下甘於沈靜時，就能專心投入別人講述的話境之中，每個人不同的經驗談，都是你得到見識與增長智慧最快速的捷徑。

舞台最寶貴的哲學，就是在上台、下台間，在發言與沈默之間，在燈光的明滅之間，遞嬗著機會，承傳著智慧。

好口才的台前準備

也許只是聊聊天，談談心，也許是每天一次例行的愛的告白，也許是一場和飯碗有關的重要演說，即使你覺得你已掌握了發言環境，你還要去掌握住聆聽者的興趣。

當你擁有說話的機會，你必需已經準備了一張好口才，才不會讓眼前的聽眾失望。讓他們聽得懂、願意聽下去，甚至心裡有所感動，感覺有所吸收、有所收穫，這是你上台前的功課，你得對於即將要發表的內容有些準備。

我有一個設計系的學生K，平常態度很認真，畫圖技巧在同學中也算是中等高手。每一次在研究室輕鬆交流時，拼拼湊湊的可以發現他很有自己的想法，但是一到正式要繳交作品時，每個學生都得上台面對幾位教授和全班同學作解說。這正是K的「單門」，他從來沒有把自己的思緒好好的整理出來，千頭萬緒，總是不知從何說起，每次在台上只能支支吾吾、搔頭又抓背的傻笑。

無法解說自己的構想和創意，是會吃大虧的。任由台下老師和同學來揣想解讀，不僅自己巧心設計之處容易被忽略，甚至也有被「誤讀」的可能，以致K的分數總是難以突破。另一方面，K在作業過程中遇到困惑也不知如何說出口，錯失了與台下交流的機會，在學習上也是莫大的損失。

班上另一位學生P，他是個相反的例子，他的設計能力並不是很優秀，圖面呈現的品質也很需要好好加強，但是，他靠著一張嘴，說得條理分明，頭頭是道，台下的目光都專心的集中在他身上，靠著口才，也為原本遜遜的圖面拉昇了不少分數。

語言技巧，是讓別人瞭解你的重要工具；也是影響別人喜不喜歡你的一個重要因素。

像是有一個非常喜歡和人聊天的婦女，每次遇到朋友，話匣子一開就直說個不停，甚至只是坐在公車裡的陌生人，她也能自顧自的和對方說上個好半天。鮮少人記得她說過什麼，大家對她的印象，都只有兩個字可以形容，那就是「聒噪」。

有時候，這婦人想說些正經的事，但是她還是改不了東拉西扯的習慣，話題四處兜圈子，兜了半天還沒兜到主要話題。聽她說話的人已經感到疲憊又厭煩，在她說出重點前幾乎都藉故先走了。

這婦人的丈夫，在生活中也得面對妻子這種「疲勞轟炸」，他往往都靠著「裝聾作啞」來熬過。他們的兒子在這樣的環境裡耳濡目染，說起話來也是無法抓住重點，每次和女孩約會，常常談一些無關情愛的閒事，誰會愛上他？誰會知道他渴望一份愛？他認識的女孩一個接著一個閃人了，沒有人覺得曾經跟他談過戀愛。

缺乏說話技巧，就會失去舞台魅力、失去聽眾與觀眾。

尤其在這時間意識強烈的時代，你的時間寶貴，別人的時間也有限，沒有人會願意花一段很長的時間，去聽漫天飛舞不知所云的雜燴話。

如果你希望自己說的話，能夠吸引聆聽者，並且能更容易地得到對方的理解，那麼在說話之前，必定要先整理好思緒和情緒，試著列出想表達的重點，打張草稿，甚至把重點記誦起來，讓自己心理作好完全的準備，這

樣說起話來才能有把握、有自信，也才能讓聽話的人聽個明白。這是一種很重要的練習。

口才，並不是天生的。能否說得流利順暢、引人入勝，主要是取決於事前你是否有充分的準備。所謂「台上一分鐘，台下十年功。」善於傳授知識的老師，除了自己滿腹經綸，學有專精之外，更要懂得如何將知識條理化，把重點提綱挈領，並轉化成深入淺出的教材，好讓學生聽得懂，吸收得了。一場精彩的演說，演講者往往得花費好幾天的時間來作事前的資料整理、撰寫演說文稿，而這些資料，更是經過多少年來經驗的累積所精煉出來的，甚至連肢體語言、演說神態、音量、音質，都經過用心的演練。

一個用心的說話者，使聽者有福，也提升自己說話的效果。

像是業務員阿飛，他有一副好口才，忌妒他的同事都說他油嘴滑舌，其實，這副好口才得自他額外做了很多「自修功課」，他針對每一種個性和背景不同的客戶，各自發展出一套不同的說話方式。

對於個性較率直的客戶，阿飛說起話來也乾脆俐落，開門見山，不去耽誤對方太多的時間。而重視氣氛和親切感的客戶，阿飛則會和他閒聊幾句有關生活、家庭的話題，再漸漸導入他的業務目的。

在說話的用字遣詞上，阿飛也很講究，有的客戶偏好摻雜方言的鄉土氣，有人喜歡帶點洋文的國際感，有人喜歡感性攻勢，有人則偏好理性專業的就事論事。阿飛投資許多時間在鏡子前，一面撰寫溝通的草稿，一面演練自己說話的技巧和調整表情，有時為了一句話，他絞盡腦汁，修了又改。只為求「說者有心，聽者也能知意」。

冷靜的頭腦，清晰的思路，和充分的準備時間，是一場溝通與表達的成功要件，甚至，有時候還能救自己一命。

曾經有這麼一個冤獄案例，一個男人被誤指為一樁搶案的嫌疑犯，他很驚慌，情緒很激動，在情急下他忿忿不平的直對前來拘提他的法警辱罵髒話，還揮拳毆打警察，在未接受審判前，他又多了一項罪狀。

他在拘留所裡不斷地咆哮吼叫，沒有人理他，就這樣隔了一夜，他筋疲力竭的靠在牆角，認清了困獸之鬥毫無作用。才開始思索如何幫自己洗刷冤屈。

他試著安撫自己的情緒，要自己先冷靜下來，好讓腦子清楚一點。他回想被指控的當天，自己正忙於接待幾位外國來的貴賓，出差到東部去視察一塊土地，他人根本在外地，而這幾位外國朋友分公司的同事，就是最有說服力的人證。

透過律師和幾位人證的澄清，這個男人終於洗刷嫌疑，證明了自己的清白。

所謂「話多不如話少，話少不如話巧，話巧不如話好。」一場有效的言談，必需先有一張清晰的腹稿。一場有力量的言談，必需更用心去整理邏輯、琢磨用字遣詞。

沒有人能不費心思就舌燦蓮花，每一句聽起來令人動心悅耳、鏗鏘有力的話語，都得自事先把渾沌的思緒沈澱下來，歷經一段有序的文字化過程。

所以，養成一種習慣，先試著去寫，然後再說。不要說得太長，以免讓聽者疲勞；不要說得太簡要，那樣容易造成冷場；不要說得太艱深，教人得費心推敲；也不要說得太淺白，那樣毫無想像的樂趣。多多在你的腹稿

上修修剪剪、塗塗改改，多多去演練幾次，然後，當你開口時，你會發現原來好好的去說一段話，能贏得你要的效果，甚至與聆聽者有所共鳴時，是這麼美妙的感受。

姊妹淘迷思

女人，即使沒有血緣關係，也很容易因為聊得來、投緣，而成為親密的「假姊妹」關係。

男人不懂得這層微妙的寄情作用，看見女生手勾著手，邊走路邊親密地說笑，就會感覺很納悶。曾經有人問我和我的朋友：「妳們兩個是姊妹嗎？」，那種感覺實在很棒，尤其大聲的回答那個呆男生：「我們不是姊妹，但是，我們是『好姊妹』。」他的表情看起來更呆了，我們忽然有種莫名的得意。

女人之間容易變得親密，一部份原因是因為大男人主義的父權打壓，像是在職場上的性別歧視、在家事上的一肩挑、在生養孩子方面的「天職」迷思、在操作現代化設備時常被男人刻意抹黑為「機械白痴」，男人充滿攻擊性和控制欲的把女人們塞進狹小的框框裡，要女人們擠壓在社會的邊緣地帶，這麼擠壓之下，女人當然變得很緊密了。而且女人因為彼此的處境，而相互體諒、疼惜，互相安慰，進而互相幫忙，沒有哪一種感情會比在困頓的環境下培養得更快、更深刻。尤其，在罵「臭男人」時，女人更是不分血緣的緊緊結合在一起。

傾訴和聆聽，是多數女人都很擅長的。閨中好友互相宣洩感情與同情安慰，也是女人不找心理醫生之餘，仍可以達到某種程度的心靈治療的好方法。男造社會對女人產生的壓迫感，促使女人有許多內斂、自省的機會，也因此普遍培養出纖細敏感的思惟，善於把情感延伸、把問題複雜化、

把生命戲劇化。當女性朋友的聽眾，其實是很過癮的，如果你有足夠的時間，也不排斥隨著情緒化的敘事氛圍來感情用事一番，你一定會發現聽女人說話，或是和女人說話，充滿了人性樂趣。

也因為女人之間相互信任，所以女人不僅會把自己的私事說出來，而且，也從來不幫誰保守祕密。來自四方的八卦消息，或是不可告人的事，都是女人最佳的茶點，即使有時候心有顧忌的叮嚀：「我跟妳們說，可是妳們不可以到處亂說。」大家湊得好近，等著聽故事，也露出忠貞的眼神猛點頭，但是，妳的祕密總是很快的被傳開，甚至還被改編版本，這就是女人之間心照不宣的「傳承」癮。

女人的快樂，女人的悲傷，只有女人最瞭解。女人的一生中，幾乎時時刻刻都需要有女性朋友為伴，但卻比較可以忍受身邊缺乏男人。我也觀察過，當女人懷孕生了女兒時，她眼中流露出的甜蜜和滿足，與生了兒子的女人所流露出「交差了事」的眼神，是截然不同的。有時候，連身為一個母親，都不能避免對自己的「兒子是個男孩」、「兒子將成為一個男人」這件事失望。因為，過去的男人集團在女人世界造成總總不安與威脅感，這種刻板印象有很大部份是負面的。

有時候我因此心疼那些無辜的「男嬰」，並祈禱他長大後能夠成為女人心目中優質的男人，首先，他們要先多和女人作朋友，多和女人說說話，他們才能習慣細膩、溫柔、精神潔癖與忠實，然後和女人和諧、公平的共存在地球上。

在這美好的兩性關係來臨之前，女人的心靈，還是得多仰仗姊妹淘的滋潤。而姊妹淘裡的「姊」和「妹」，也具有不同的精神作用。

稱妳一聲「姊」，是一份尊重，一份依賴。而叫妳一聲「妹」，是

一種疼愛，一種呵護。

Amy是個在家排行老大的「大姊」，她有三個妹妹。平常，她很自然的成為妹妹們的化妝顧問、瘦身顧問和愛情顧問，妹妹們遇到什麼不如意，都會找她商量，Amy一直維持著堅強和聰明的形象。

然而，她遇到了困擾，需要傾訴的時候，她卻也渴望擁有一位自己的「姊姊」。

在血緣裡沒有的，在朋友裡尋覓。終於，她在朋友裡，結識了一位比她年長，很有自信，生活歷練很豐富的Sandy，Sandy經營一間健身中心，為人熱心而且很照顧晚輩，這也是從沒有運動習慣的Amy，後來勤於上Sandy的健身房的原因。在Sandy面前，Amy可以坦然地表現出自己脆弱、無助的一面，而Sandy總是會提出很正面、積極的想法來鼓勵她，每週固定上健身課的時間，是讓Amy最有精神的時光，因為她找到了自己人生中的「大姊」。

姊妹淘的關係裡，有天生的親姊妹，也有後天結成的好姊妹，無論男人理不理解，無論有沒有男人，這都是女人世界裡最美麗的感情結構。

粉紅話題：我美嗎？他愛我嗎？

前一次我和Erisa碰面，那次，是她第二十一次對我說，她想要離婚。

她說丈夫毫無情趣，而且總是把她批評得一文不值。像是今年的結婚紀念日，她不過就是向丈夫撒個嬌，討個小禮物，丈夫卻板起臉來說她奢侈虛榮，而且又再度申明那番老話：「都結婚這麼多年了，還要什麼結婚禮物！？」

今年的情人節，Erisa又再度向老公要禮物，而且忍不住抱怨自己從未收到他給的禮物。丈夫竟然冷漠的說：「我都和妳結婚了，還要過什麼情人節！妳已經是個黃臉婆了！」

經年累月的這些話，一定深深傷了Erisa的心，要不然一向笑臉迎人的她，此刻也不會兩頰漲紅，眼角泛著淚光。

我不忍心看她，只好和她一起看著窗外。

身為一個局外人，改善不了他們的婚姻品質，只能靜靜聽她宣洩，給她一些體諒的眼神和微笑，有時和她一起數落男人。

如果她的丈夫不疼愛她，當初為何跟她結婚？而Erisa對丈夫抱怨再三，為何又不跟他分開？

Erisa曾經半戲謔的對這些疑問提出解答：「對他來說，老婆是『實用』功能啊，而且又衛生。」一個被男人傷透心的女人，自然會把男人看得不堪，但是，連帶的也把自己看得很不值，又是何苦呢。我

跟Erisa說：「我想他還是愛妳的。只是男人給的愛，和女人所期待的不同。」我舉很多實例試著安慰她，畢竟，她的丈夫每個月總是把薪水如實地交給她支配運用，很多男人都以『給錢』來表達對妻子負責任，然後，把這種負責任詮釋為就是『愛』的表現。對女人來說，這是很粗糙的；對男人來說，錢卻是既實際又重要的東西，他每天辛辛苦苦追求的，就是它，他把它給了妳，妳還要什麼小禮物！？

而Erisa花了好多錢投資在「美容保養」上，她希望自己看起來年輕一點，而且要天天美麗。很大部分的期待是為了讓丈夫能肯定她，能更愛她。這種努力擦拭歲月痕跡的做法，讓自己好累，也讓愛情看起來更沒價值，連帶的也把丈夫看得很膚淺。男人喜歡美麗的女人，但並不喜歡「只有美麗」的女人，而且，他們更不喜歡稱讚自己的老婆很美麗，因為，一山還有一山高，他們往往「看得很遠」。

女人，不要讓自己活得那麼擔憂，不要去問男人：「你愛我嗎？」「我美麗嗎？」他的答案是肯定或是否定，並不能代表妳的價值。

不如多和自己說說話，常常對自己說 ：「我很愛我自己，而且我很美麗。」然後，真的照著去作–愛自己，並且使自己內在、外在都很美麗。拋開對男人求取肯定的習慣，女人往往都是因為「自信」才活得很快樂。

到老也要八卦

男人的優雅社交史，諸如抽雪茄、打橋牌、品酒、高級俱樂部、打高爾夫球，透過各種形式和媒介，其實主要想展現的是自己的地位和品味。

相形之下，女人單純許多。從中古世紀到眼前現代，「說話聊天」一直是女人最鍾愛的休閒化社交，而「說說話，也聽別人說說話」，本身就是社交的目的。

人類壽命隨著醫藥科技的進步而逐漸延長，女人因此能多說好幾年的話，增加了可觀的「說話量」。尤其到年老，經歷過的事情愈累積愈豐富，話題也愈說愈綿延。老男人相反，在退休後失去了社會化的頭銜，失去可以炫耀的彪炳功績，通常是愈來愈沈默了。

曾有一個老男人挖苦他那話多的老婆 ：「我看啊，妳到死的那一天，全身上下，就剩下這張嘴還在啪啦啪啦地動。」老婆婆不以為意，每天還是照常梳妝打扮，撇下落寞的老伴，去找其他的老婆婆朋友們聊天。

女人的心，無論從少女到年老，幾乎一半都是放在「話搭子」的身上。即使原本是陌生人，因為彼此都很「健談」，很快便能熟捻起來。

有幾位住在同一個社區的老婦人，每在早晨的時間，都不約而同來到花園裡散步、做做體操。初次見面的頭幾回，大家互相微笑、打招呼，又見了幾次面之後，其中兩個開始一邊運動、一邊隨意聊聊自己的健康問題。這種「示範」對其他婦人深具鼓勵作用，逐漸的，大

家都靠攏過來，自然地加入聊天的行列，久而久之愈來愈熟絡，妳知道我住在哪一層，妳知道我就是哪一戶，妳丈夫愛吃什麼、子女的成就如何、孫兒的考試成績、隔壁鄰居家的八卦傳聞，統統都可以拿出來說。後來，這社區開會時的出席率提高不少，原來是成了這群女人的另一種聚會方式，有時候，愛做麵食的王太太還會包很多水餃，分給社區幾位熟絡的婦女一起品嚐 ：「吃吃看我包的水餃，也可以省得煮飯啦！」。

這是女人從「交談」慢慢談出來的「交情」。從陌生到熟悉、從閒聊到八卦、從八卦到談心；從戶外站著談、後來到涼亭裡坐著說、再到誰的家裡去繼續說，還要再泡一壺茶哩，再配上一點瓜子、餅乾又更好。

女人從少女時代，就很熟悉這樣言語與友誼並行的模式。然而，這也是許多老男人從少男時代就很不熟悉的。他們往往以「真是一群聒噪的長舌婦。」來諷嘲女人，甚至他們終其一生，都在嘮叨自己的老婆為什麼話那麼多，有的男人還會以控制電話費預算和限制外出，來阻止自己的配偶和別人的言語社交。

在老女人群裡，彼此唸著自己的「死鬼老公」、比著妳和我誰的手幹活磨得粗，青春歲月為家庭奉獻的辛勞，在彼此的安慰中獲得了平衡。女人人生的精彩，很多時候是仰仗著與人交談，靠著聽覺而快樂，靠著言語增廣見聞。女人平均壽命比男人長，也許也是因為女人善於傾訴，使得心頭的壓力釋放，減少情緒造成的毒素和疾病。

看看你的母親、姊妹，聽聽你的外婆、奶奶，是否看來聒聒噪噪、喋喋不休，卻

神采飛揚呢？不要阻止她們，讓她們為言語的樂趣而生活，讓她們盡與地活到老、說到老。

Men's Talk

就心理層面來說，男人很少練習去平衡自己的情緒。他們迷信「男人就應該勇猛」這一類的形象，並且把勇猛的概念轉化為「粗魯的力量」，隨時讓自己維持在「巔峰」狀態，一副天不怕、地不怕的樣子。

因此，「抒情」這種調調，在男人世界裡是不受歡迎的柔弱象徵，男人勇於揮舞拳頭、逞兇鬥狠，但是，卻不見得有勇氣坦然的表達內心的感受。深怕說出感性的話，會被人視為「弱者」。

尤其平常衣冠楚楚、滿口雄圖霸業的男人，更不願拉下臉來承認自己也有身心疲憊的時候、也會因感情的挫折而傷心、也會擔憂著家庭裡枝微末節的小事。有一位父親，甚至這樣期許自己的兩個兒子：「我希望把他們培養成兩個勢均力敵的戰士，而不是只會謙遜禮讓的懦夫。」這正是男人世界的承傳。

酒，是男人的膽，是男人為自己需要「情緒洩洪」時，所精心挑選的推諉裝置。

藉著幾杯黃湯下肚，就是裝醉裝糊塗最好的機會，這招是許多男人偏好的「告白前奏曲」。在酒不醉人人自醉的迷離情境中，乍聽起來像是胡言亂語的裡頭，往往夾雜著許多平常不敢說出來的心事。

這招在男人與男人之間尤其「心照不宣」。男人瞭解男人的面子問題，也自然瞭解要「直搗對方的心窩，必先卸除其冑甲。」好友之間的感情，常常也建立在互相幫對方卸除胄甲這檔事上。

尤其是三兩個男人聚在一起，想抒發內心的鬱悶，但是礙於面子，彼此尷尬對坐，沒有人願意放下身段、拉下老臉來。「酒精」，是絕佳的卸妝劑，卸除情緒的緊張與冠冕堂皇的言語偽裝，大家把酒言歡，一起同赴「神智不清」的境界，對於前途憂慮、金錢的匱乏、老婆的外遇、自己的無用、孩子的叛逆，全都「自然而然地」傾倒出來，事後，哥兒們就裝作只是醉言醉語一場胡說，什麼也想不起來了。大家各自回到生活崗位，繼續正經、堅強的面對現實生活。

但是要注意的是，在酒攤上，總是有些人「眼醉心明」，如果你不自知酒量，黃湯猛灌、愈說愈大膽、愈說愈口無遮攔，連不該說的話都控制不了，全抖了出來，後果可不是再喝一桌酒所能粉飾的。

有幾個上班族好友，共組約好每週一次固定聚會，而這個聚會的名稱，就叫做「喝一小杯」，主要目的就是為了抒解壓力、隨性地聊聊天。在這種哥兒們互相慫恿、敬酒的氛圍下，每次大家都是一杯接著一杯，誰會真的只喝一小杯。

這群朋友裡，其中一個和另一個人的老婆有不倫戀情，這地下情他隱瞞得很辛苦，心裡其實也很自責，但是這種事情他根本不敢對任何人提起，一直憋在心裡好長一段時間。有一次，大家喝得酒酣耳熱，他竟然不小心真的給喝醉了，突然間他興致大發的說：「你們知道嗎，我和小高他老婆很要好喔。」另一個喝得也半醉的接著問：「有多要好？」「你猜有多好啊，好到都上了床呢。」他壓根忘了小高也在現場一起喝酒，而且小高酒量很好，他還沒喝醉，氣得掀翻了桌子，把這壞傢伙痛打了一頓。

小高因此和老婆離婚了，他寧願以後自己帶孩子，也不肯再戴綠帽子。

另外一個例子，是野人獻曝丟了飯碗。一位採購部的主管，在公司年終尾牙時，當著高層上司和眾家廠商代表的面，大家一起吃飯慶祝，又點了幾瓶酒小酌助興，原本就不勝酒力的採購主管，跟著大夥逞強拼酒量，喝到昏了頭還一杯杯往肚裡灌，最後一不小心，竟把收受廠商「油水」一事說出來，也把幾個狼狽為奸的同事一起抖出來。想想看，當場有多尷尬。隔天他一直昏睡到中午，直到酒醒後，匆匆忙忙趕到公司，當他坐下來，照往常輸入密碼，卻發現密碼已失效，電腦完全不聽使喚。而這時候會計對他招招手，要他去結算薪資。

一場酒醉吐真言，不僅自己工作沒了，連帶的幾個同事的飯碗也一起被他給丟了。

有些男人不愛喝酒，也許，這樣能避免酒後失言的危險，但是，沒有酒精當幌子，有些內心的話怎麼也說不出口。面對心儀的對象只會兜圈子，說不出表白的情話；看著憎惡的人，也無法藉酒裝瘋臭罵一頓；缺錢急用，也拉不下臉來向人求助；總總壓力纏身，即使悶出了憂鬱症，還是因為「面子」問題，不願去看心理醫生。

曾經就有好幾次這樣的例子，有人向地下錢莊借錢，最後被逼債跑路了，家屬親戚從頭到尾都不知情。而有人為情所困，跳樓尋短，事前也無前兆，家人直到看見他的遺書才知道。

「硬漢」無用，太硬的東西，往往一碰就碎，禁不起考驗。

如果酒精不符合你的心靈品味，那大可去找些雅友一同咖啡絮語、茶香漫談，走走文人路線。能在清醒的狀態下，面對人生，說出心底的話，才真

正是個勇於擔當的好漢。

男人對女人的想法

一項針對男性的研究顯示，女性族群在男人的眼中，多半被分為四大版塊：母親、老婆、二奶與酒家女。這是男人依據自己生活與情慾期望的劃分法，含有濃厚的現實心態，也充滿貶抑女人的意味。

然而，許多女人竟然毫無抗辯就自行對號入座，從各自的角色立場互相爭搶男人，甚至不惜傷害彼此。「母親」要的是「孝順的兒子」、「妻子」要的是「體貼的老公」、「小老婆」要的是搶來的憐愛、「酒家女」要的是男人口袋裡的鈔票。這四種角色的女人，在利益上經常是相衝突的，所以，女人傷女人、女人害女人的悲劇經常發生。

也由於女人常常為男人爭搶成一團，男人因此顯得氣燄高漲、好得勢，他們愈來愈不尊重女性，也認定女人就是一盤容易被攪亂的散沙。

許多男人在討論有關女人的時候，往往態度輕浮，用詞狎玩。一位女老闆管理一群男性員工。這些男性職員因為上司是女性，常常感覺「怪怪的、沒面子」，有人甚至賭氣的說：「什麼老闆不老闆的，女人上了床，還不都是一樣。」把女人物化，是男人爭一時之氣的慣用伎倆。

然而，無論是口頭上的輕蔑，或是心理上狎弄女性，都代表著男人真的不瞭解女人、掌握不住女人。有心理學家認為，男人是基於生物性的原因，對女性充滿好奇、幻想和支配欲。既希望自己的妻子高雅端莊，讓人稱羨；

卻又心存妄想，逗弄他們眼中的「放浪女子」。

這種表面上的玩世不恭，其實也反應出男人對自己愛的能力缺乏信心。多數的男人不敢承諾能對伴侶執著、忠實，也沒有把握自己的上半部理智可以隨時控制得住下半部的生理反應，基於這麼多的疑惑，內心經常「人、獸」掙扎而痛苦不堪，許多男人靠著在言語上貶抑女人來抬高自己，其實，在許多實際的例子上，可以看出許多男人看似眼界遼闊，但卻是圍繞「女人」來旋轉。

而無論忠不忠實、看的是家花還是野花，男人始終圍著女人團團轉，逃不出女人的磁場。

曾有一位常在外頭採野花的男人，他的妻子原本對他的不忠實感到傷心，所以努力的保養美容，對丈夫溫柔體貼，希望能挽回丈夫的心。但是丈夫仍然外遇、上酒家，四處亂搞男女關係。面對一次又一次的失望，最後，這妻子忽然感覺到自己的丈夫好像一隻禽獸，她為他浪費了太多眼淚，生了太多悶氣，一點價值也沒有。

想通了之後，有一天她對丈夫說：「如果你人生的目標，就是一直讓很多女人玩弄你的『鳥』，那我只好任由你停留在牲畜的層次，希望你不要得到愛滋病，那時候沒有人會照顧你的。」

她臨走前，以一種憐憫的心情，丟下這樣鏗鏘有力的話，跳脫了丈夫外遇的陰霾。而從那個時刻開始，覺得心裡不舒服的，反而是她的前夫。

這個男人後來和一位年輕的酒店小姐在一起，這酒店小姐心中在意的，其實不是他的愛，而是他的錢。在她眼裡，花心好色的男人，都是她要把握住的鈔票供應商。所以她以甜言蜜語、阿諛奉承，討他的歡欣，賺他口袋裡的鈔票。而這男人也願意花大把鈔票買這「大老爺」的幻覺，在飄飄然的幻覺裡，他失去警覺性，毫不在意自己辛苦賺來的錢快速流失著。

半年後，那酒店小姐不告而別，只留下一張紙條寫著五個字：「謝謝傻瓜兄」。這男人一時之間還真傻住了，他忽然覺得好蠢，對自己過去的所作所為很懊惱。原本他以為自己很會獵艷，沒想到原來是自己被獵了，現在連酒家女都看不起他。

徘徊幾個不同的女人版塊之間的男人，不要以為游走策略，就能兼得所有的領土。有時候遇到感情地震、跌進版塊之間的縫隙裡，通常會被刮得傷痕累累。

當這男人一個人面對空蕩蕩的家，沒有人關心、沒有人一起為幸福努力的感覺，他想了想，對自己的作為很後悔，決定回頭去找前妻。到了前妻租屋的地方，他誠懇的敲著門，站了一個小時，門終於開了個小縫，前妻隔著防盜鏈毫無表情的看他，他充滿悔意的對她說：「我知道我錯了，請妳原諒我。」這話才說完，門砰的一聲關起來了。門後傳來：「我可以原諒你，但是也請你滾吧。」

有時候，女人在失去自己曾愛過的男人後，會驀然發現，沒有他，生活雖然會有些改變，但依然能過得很好。

如果遇到喜歡周旋於眾女人懷抱的男人，就隨他沈淪吧，妳既然不是他唯一的浮木，不如自己輕盈的飄走，去旅行自己的人生。

男性經典話題：事業、名利與那話兒

一個罹患重病入院的男人，在住院期間，醫生以各種藥物和物理治療試圖控制他的病情，但是，經過好幾個月的努力，病情仍繼續惡化，醫生最後不得不告訴他這個事實，他的日子不多了。

這男人一開始很驚慌，他不過四十多歲，真不想這麼早死。他開始回憶這一輩子經歷的大大小小的事情，有一天，他躺在病床上，顯得出奇的平靜，醫生照往常來巡房時，他對醫生說：「我已經可以面對現實了。而且我感覺到很滿足，今生我該擁有的，我都擁有了。」

醫生見他這麼平靜，心裡反而很納悶。想天底下哪有這麼幸福的人，能夠「『該』擁有的，都擁有了。」，而什麼又是人生「該」擁有的？他很想知道這傢伙究竟擁有了什麼，能讓他死而無憾。

男病人回答到：「我啊，房子、車子、妻子、孩子都有了，錢賺得雖然不很多，畢竟也有些積蓄。男人的一生，不就是求個五子登科嗎。」他說得像是完成清單上的事項，然後逐一的在各個事項前打勾一樣。

多數女人聽了這件事，露出的表情都是很複雜的。在她們眼裡，男人追求的，多半是形式上的東西，他們對感情放得通常不深。

有女人說，她和丈夫討論住家裝潢的時候，發生很大的歧見。她希望主要的預算，能夠花在她們兩人最常使用的臥房和浴室，但她的丈夫卻說：「不行！客廳是門面，朋友來看到的都是客廳。所以應該把客廳裝潢的豪華一點。」

也有女人抱怨她們的丈夫，對於寶貝愛車又擦又打蠟，每當有人稱讚車子很漂亮，他就得意洋洋，但是卻捨不得讓妻子開去購物，擔心妻子技術不佳會把車身給刮花了。有的丈夫則是把妻子當個花瓶擺著，在事業上享有因為「已婚」而公司給予加薪的總總福利，在閒暇還不忘感情走私。

在女人眼中，男人許多的價值觀是荒誕而自私的。但是我也聽過不少男人努力工作、想辦法賺錢，除了是要在男人世界爭一口氣，另一方面也是為了養活妻小。

男人私底下，其實也很在意女人的評價。由於多數女人以「事業成就」來衡量男人的價值，希望能覓得一個經濟能力強大的伴侶，所以他們努力工作、創業，希望自己成為事業有成的男人，有錢，又有名望，符合女性心目中優秀的對象，而且養得起妻子、孩子，證明自己像個男人。

男人與男人之間的「雄性競爭」，無論是否總脫離不了形象問題，終究有一大部分的動力，是來自於看他們常常輕蔑不重視的「女人」。這可以說是男人內心最大的矛盾。

除了以「錢」和錢附加而來的名聲來自我肯定之外，另一個男人所普遍關注的，就是「性」。他們以陽具為尊嚴的圖騰，幼年時的尿遠比賽，到長大後偷偷比較尺寸，廁所，可說是男人們暗中較勁的的另一個小戰場。

有女人更指出她的丈夫有陽具崇拜情結，在她懷孕生了一個兒子後，丈夫常抱著

嬰兒，喜孜孜的直看著他的「小把柄」，認為他們生的是兒子，表示他的精蟲能力很強。但是當嬰兒哭鬧時，他總是裝睡、裝忙，一副毫無父愛的模樣。

更荒誕的是，男人無法忍受女人和他們一樣有這些「壞習慣」，也無法接受女人用他們這種行為模式和價值觀來對待他們。

曾有男人自稱他是男人裡的「好男人」，他自暴男人的弱點說到：「男人的致命傷，就是把他的錢都騙光，然後，閹了他，他就會崩潰了。」我聽了，心裡真是感觸良多，如果，男人真如這窩裡反的傢伙所說的，那女人還值得在愛情上投資那麼多青春嗎？

紅粉知己與青衫之交

有人說，男人因為專注於工作，因此在事業上通常比女人有成就；女人因為心思細密，在感情上體驗較豐富。男人們有興趣談論的，大多是關於工作和財富；女人們聚在一起所談論的，則大多是感情和家人，這是性別差異教育下造成的效應，普遍看來，確實也使得多數女人在工作事業上進展緩慢，而男人在感情上顯得遲鈍粗糙。

這是「社會化」的一面，卻不意味著男人就沒有感情觀、女人就沒有事業心。跨越性別囹圄的異性交往，是男人與女人各自突破生存僵局的出口，男人的「紅粉知己」，使他得到柔性學習的機會，而女人的「青衫之交」，則使女人嘗試走出花園，對於荊棘之地有些許概念。

先來談談男人的「紅粉知己」是怎麼回事。

能夠使男人忽略「性」這關卡，而與某個女人純粹是「腦部交往」，這女人當然要具備聰明才智，尤其能幫助他在工作事業上有所突破、賺更多錢，或是能讓他有另一條生計出路的實用價值。

男人甚至可以因為自己多數時間投入在事業上，而和這位對事業有助益的紅粉知己「順便」一起談感情，來個一魚雙吃。這種例子太多了，諸如秘書助理後來成為第三者、甚至取代他的大老婆，如果妳並不期待這樣的「晉升機會」，就要小心拿捏和男人之間的「純友誼」，控管好純度。

另一方面，男人需要紅粉知己，是因為「顧問」因素。多數男人不希望在其他男人面前

談私人感情，他認為這樣會減低自己的神秘感，也會削弱他在朋友面前的男子氣概。他寧可找個女人來談談自己的感情困擾，他們相信女人才真正瞭解女人，紅粉知己應該可以提供他在愛情上的好建議。另則，女人比較感性，有關感情的事，女性朋友的分析比較細膩，而且能誘導他運用自己的感情。

曾有一位初為人父的男人說 ：「當我得知老婆懷孕、我要當爸爸了，我應該是很喜悅的，但是為什麼我的喜悅只持續了一小段時間，而後我開始苦惱，想逃避？」

原來他一開始，把即將為人父的消息告訴身邊的男性朋友，大家都提醒他身為父親的「責任」，有人說：「你該更努力工作賺錢了。」「你該為下一代的前途好好著想。」甚至有朋友拿出自己列出的清單，告訴他撫養一個孩子直到長大成人，一共需要多少的經費，他的歡欣喜悅，全被澆熄了。然而，他的母親、姊妹和女性同事都為他高興，為他祝福，他在女人堆裡，反而獲得為人父的正面價值。

男人是很需要鼓勵的，像個孩子，給他一塊糖，他會笑，會好好表現。如果，妳從頭到尾都要他做一堆事情，讓他覺得他不能像個孩子，應該要像個有擔當的成人，他就會逃到另一個會給他鼓勵的地方找糖吃。

有個已婚男人對他的女性朋友抱怨他的妻子，他用一種討人同情的淒涼聲音說：「我覺得我對我老婆愈來愈受不了了。我說什麼，她都沒興趣聽，她唯一會有反應的，只有在我說『我的薪水已經入帳了，快去銀行查查看。』她一聽眼睛才會睜得好大，露出難得的笑容。」

柴米油鹽的生活現實，混亂了愛情的滋味，很多夫妻之間逐漸失去柔情，成為賺錢養家的合夥人。多數已婚女人都視為當然，認份的面對柴米油鹽；而男人卻往往覺得自己好苦，他們亟待對外尋找另一種心理補償，找個替代性的女人來談感情。

這種談感情、討呵護的心靈交往，一步差池就會衍生精神外遇，久而久之，也很可能發展成肉體關係。這是所有「元配」最擔心的，所以，沒有人會樂意見到自己的男人有所謂的「紅粉知己」。

想想，當初兩人相愛才會結婚，曾經也是相談甚歡、心心相印，只是決心一起生活，休戚與共，禍福同當之時，現實自然必需顧慮，不可能時時都有甜言蜜語、也不可能日日浪漫無憂。

紅粉知己不同，不用和你一起生活，不必與你共患難，不用為你料理家務，你生病時也不用照顧你，只不過是給你一些口頭上的安慰，說穿了，對她也沒有什麼損失，而且，兩人一起吃飯談天，也許多半是你買單，她也順便吃一餐，何樂不為？

如果，男人會因為這樣而認為妻子不如紅粉知己，那根本就是自己沒大腦。

近年，一股「韓」風吹進台灣，在某部古裝劇裡皇后對著皇上說：「你是我的夫君、我的『天』。」有許多現代女性在電視機前心裡吶喊的卻是：「夫君！？我的天啊！」

根據一項兩性關係的研究顯示，現代婦女婚後生活苦悶指數比男性高出許多。男性多半把妻子定位在家務傭人和經濟責任的分擔者，也不再如戀愛時那樣關心妻子的感受，女人開口多說幾句，就被視為「囉唆」。無怪乎現代女人在婚後，也很重視異性社交，把自己和異性間的感情，劃分為

「性」關係的丈夫，以及「心」關係的男性朋友。

有一位婦女對自己在外頭交往其他男性朋友這樣解釋到：「我對那男人別無所求，就只是喜歡和他說話。每當我說話的時候，他會雙眼注視著我，透出關懷的眼神，而且，總是耐心聽我把話說完他懂得讚美我，讓我充滿自信，每次和他說話，我感覺全身都被他溫柔的安慰按摩過一遍，好舒服、好愉快，這是在我先生那裡得不到的感受。」

有男人聽了這段話，立即反應就是 ：「水性楊花的女人！」然而設身處地的想想，自己的心事不能對枕邊人說，或是枕邊人根本不想聽，這有多悶、多傷心啊。

從理性的角度來看，從愛情走進婚姻，也是從單純的感情進入家庭經濟合作的關係裡。夫妻，則像是一家公司的合夥人，要家庭運轉順暢，免不了要求經濟能力。尤其，現代家庭普遍需要「第二份薪水」，女人也必需具備工作賺錢的能力。一個事業有成的女人背後，也往往都有那麼一隻推手，也許是她的丈夫，也許是她周遭的朋友。

有位女性訴說自己進步、獨立的過程，這功臣不是她的丈夫，而她身邊其他男性朋友幫了大忙。

「我曾經很排斥用電腦，每次我先生都嘲笑我是電腦白痴，如果我需要請他幫忙時，他都不幫我，也不肯教我。因為工作需要，我只好硬著頭皮買書自己研讀、摸索，有時候，打電話請教朋友，終於漸漸能駕馭電腦了。」

「我也曾經不會騎摩托車、不會開車，每次我先生開車載我的時候都會諷刺我、挖苦我，我好生氣。有一次，一位同事讓我開他的車，我發現開車其實也沒有多難，就鼓起勇氣跑去學車，學了三個禮拜就考上了駕照。」

現在的她，回想起過去那段時光，就像是海浪衝擊岩石，雖然疼痛，卻激起美麗的浪花。她感謝先生的諷嘲，促使她鞭策自己，跨越恐懼和依賴的習慣，而成長進步了許多。

現在她的丈夫不敢再輕視她，反倒是尊重起這位好學又獨立的太太。但是，她經過這樣的歷程，卻發現自己的男性朋友比丈夫還要好，有感而發的說：「我從我丈夫眼中一個沒用的老婆，變成了一個可敬的老婆，但是現在，我卻不想再和他一起經營這個家庭了。」

她和那幾位幫助她的男性朋友，一起組成了一個公司，每天大家互相敦促、互相支援，忙得不亦樂乎。而那自大又現實的老公，變得是備受冷落，他有點茫然，不知道要如何才能再讓老婆愛上他、需要他。這是一樁可喜的悲劇，悲中有喜，喜中有憾。

女人不只是家庭性的動物，當女人在家庭裡找不到可愛的男人時，便會去外面找。當家庭不再值得全心付出時，女人會義無反顧的走入事業，改變自己的生活重心，改變自己對男人的態度，也改變自己挑男人的角度。

「我不想再和丈夫談床第技巧；我想另外選擇一個男人，來談我的夢想。」這是女人決心獨立時的肺腑之言。

知音有幾人

有一回，我把我很珍愛的一組瓷器，送給一位朋友。那天是他的生日，我希望他能多多體會飲茶的益處，因此，滿心甘願的決定割愛，心想他應該會很高興。

這組茶器作工精緻，尤其加上優美的手繪荷花圖，看過的人都說很美，我心想這朋友也一定會喜歡。但是過了一些時日，有個機緣我到他家裡作客，在他的收藏櫃裡，沒有看見那組瓷器。後來輾轉聽說，他把這組瓷器轉送給別人了。我的心裡頓時像在淌血。

我感覺自己送錯了禮物，以致於糟蹋了那組瓷器；從另一個角度來看，也未嘗不是為難了這位朋友。他得「處理掉」這件對他來說多餘的東西，也許因此也感到苦惱。

曾有一位陶藝師傅說，在他剛出師的時候，在自己家開設工作室，街坊鄰居常有人會來看看，買一兩件回家擺放或當禮物送人，鄰居有一對老夫婦每次來都誇讚他手藝高超，雖然始終沒有向他購買過，但這師傅心裡仍然很高興有人欣賞，他心想老人家也許生活儉省，因此，挑了一組陶瓷碗盤送給這對老夫婦。沒想到，這老夫婦臉色一沈，以為這陶土師傅在暗示要他們購買，從此不好意思再去看展。

花開，獻給對的季節。心情，知音才會明白。

Cline是位出身藝術世家的女人，經營一間藝廊，也做平面設計。她長得美，又年輕，也和一位相貌堂堂、財富可觀的男人結婚，但是，她常常看起來鬱鬱寡歡。

「如果，上天可以給我一個願望，我渴望一個理解我的個性，能和我同享生活品味人。」她對自己的配偶並不滿意，每回她對丈夫傾訴工作壓力和情緒困擾時，她的丈夫不僅不會安慰她，反而把她數落一頓，說她的情緒管理有問題。「就連我最親密的枕邊人，都不懂我的心，每次總是曲解我的意思，我真是快要瘋掉了！」Cline常常在朋友面前這樣狂呼吶喊，她覺得每次和丈夫說完話，她的心情變得更糟，而不是變舒服。

有了伴侶，不等於擁有知音。這確實是令人遺憾的事，多數人總是寄望距離最近的人，就是心靈最近的人。其實，知音，是心靈最接近、思想價值最接近的人，也許表面上看來，他只是你一個很普通的朋友，也許你們一年只通過三通電話，但是你說的話，他都能理解，所以他給你的安慰和建議，都是最貼切的，讓你的心感覺很安定，很愉悦。

Cline的知音，其實也就是這幾個好姊妹，她們同為女人，有許多類似的處境，而且彼此相互欣賞對方的才華，既相親又相憐，所以平常別人不能理解的苦楚，她們幾個人聚在一起，抒發一下內心情緒之後，大家都能開開心心的忘記了煩憂。

這就是知音，能夠聽得懂對方的苦、為對方的喜悦而同樂，讓負面的情緒化為烏有。想想看，誰正是你生命中的那個人，能看得出你心裡憂，聽得懂你言中意，感受得出你的意中情；能知道你此時需要的是感性的安慰，還是理智的建議；能耐心聆聽、溫暖守候，並會為你保守這件事情的人。一輩子，只要有一兩位如此知音足矣。

白色謊言

誠實是一種美德。然而，有時候對事情沒有幫助的實話，不如不說；對人有激勵作用的話，即使不是實話，但多說說，反而是一種功德。

善意，是謊言最佳的出發點，因為出於善意，使有些謊言具有比實話更神奇的影響力。

有一個從小功課一直很差的學生阿丁，他一直到小學畢業，幾乎每次考試都是班上最後一名。他的父母都是作粗工的，阿丁還有兩個年幼的弟弟妹妹要照顧，所以父母根本無暇去注意他的課業，只認為他不是個讀書的料，也不寄望他將來能有多高的學歷，只跟阿丁說：「等你讀到國中畢業，就去找工作做吧。」

國三前的暑假，其他同學都忙著上補習班，阿丁沒有錢繳補習費，他每天都到附近的小圖書館借些閒書來看。一位住在附近的高中生也常來圖書館看書，兩個人碰了幾次面，有時彼此也聊上幾句。

這高中生叫阿信，他看阿丁年紀小小就放棄升學，也沒有充實自己的打算，前途實在令人擔心。由於他自己也是過來人，曾經被學校老師放棄，全靠著自己不服輸的苦讀，才考上高中。這次，他打算要免費幫阿丁這小弟補習，看看他是否也能夠為自己的人生創造一個奇蹟。

阿丁很感謝這位熱心的大哥哥，他心想，既然是免費的補習，而且自己每天無所事事也挺無聊的，於是，就按照阿信幫他擬定的讀書計畫，並利用阿信以前用過的舊參考書來演練試題。

阿丁的模擬成績的確很糟，看來離錄取標準還差很遠。但為了鼓勵他多學習，阿信總是對他說：「有進步了，再繼續加油，你一定考得上高中。」

阿丁從來沒有這麼被人看重過，他好高興，也很努力的讀書，到了國三快畢業前，更瞞著父母報名高中聯考。放榜前一天，阿丁忐忑不安的根本睡不著覺，隔天放榜結果公布，他不好意思和同學一起看榜，等到最後最後，人潮幾乎散去，他才趕緊在密密麻麻的名單中尋找自己的名字，直到榜單的尾端，他真的如願看到自己的名字時，高興得幾乎坐倒在地上。學校的老師、同學和阿丁的父母都直說不可思議，其實，連阿信也被嚇了一大跳。

一連串善意的謊言，改變了阿丁的人生。他重拾對自己的信心，連帶的，家人和同學對他的評價也大大提升了。

想想看，如果當初阿信也對阿丁失望，說出當時他心裡也認為阿丁可能考不上學校的這種「實話」，後來的阿丁，也許真的就考不上學校了。

另外，有一位人緣很好的男生，和他相處過的人，心情都會變得非常愉快，大家都把他視為「心靈的啄木鳥」，把情緒裡的壞蟲都叼走了。也因為他廣結善緣，生活和工作上都常有貴人相助。一個在旁邊看得眼紅的同事，打算親身體驗他的魅力，他開始常和這個男同事聊天，也常常觀察他和別人的互動，後來，這位同事發現那隻啄木鳥其實很平凡，只不過是在和人說話時，常會去發覺對方的優點，然後很肯定的對對方說：「其實，你很優秀。」

「你一定做得到的。」

這樣友善的讚

美，像迷幻藥，總是令人上癮。一位同事這麼形容到：「雖然多數的時間，我希望能聽到一些批評與建議，這樣可以使我督促自己追求進步。但每一隔一段時間，我總是喜歡和他說說話。而且，我愈來愈覺得，當我心情很差的時候，我『需要』聽到他對我的肯定。」

他們之中有一個同事，在剛進公司時，常常因為不熟悉作業流程而犯錯，後來對工作熟悉後，他又因為粗心而讓公司險些損失一筆訂單。這位同事不得不對自己的工作能力感到懷疑，其他的同事總是叫他「下次小心一點！」「神經繃緊一點吧。」「小心被開除。」

這個心靈的啄木鳥和別人說的都不一樣，他說「其實你是很聰明的，只要集中注意力，事情一定可以做得很好。」到現在這同事還很感激的說：「他在我生命中，是個交情普通的朋友，不過，他的那句話，足以改變我的生命。」

彷如白雪覆蓋住枯土，即使沒有改變土壤黑褐的醜態，但放眼看去，世界變得美麗多了。這隻心靈啄木鳥所發揮的，正是這種功能，即使他說的都是避重就輕的謊言，大家在壓力緊張的環境中，聽多了真實卻尖刻的話，偶爾也樂於接受被善意撫慰的快樂。

人有時候，需要聽好聽的話，好聽的話，是心靈的陽光，是心田的雨露，使你不會覺得人生那麼艱苦，那麼現實和深澀。甚至因為快樂帶來了正面的能量，而使原本作不到的變成了真實的成就。

我有一位朋友，他的妹妹長相平凡，一直懊惱為什麼自己不是個美女。她對自己很沒自信，尤其從來沒有男孩子追求她，讓青春期的她心裡很難過。

為了安慰妹妹，她哥哥常常會告訴她：「其實妳很有個性美，不是那些妖豔型的女人可以比擬的。」這句話如天降甘霖，深深滋潤她

乾涸的心田。受到這番鼓舞，她變得非常喜歡找哥哥談話，也常常在在打扮自己後，要哥哥給她評論。

這個哥哥只好不斷的說謊，告訴她，妳愈來愈美了，如果能換一個亮一點髮夾、把鞋子擦乾淨一點、如果口紅不要擦那麼紅、如果再增添一點書卷氣更好。

因為這樣一點一滴的鼓勵和提醒，妹妹不僅在外型上懂得修飾自己，更努力地充實自己的內在，希望能在得到哥哥的讚美。努力再加上信心，仔細看看這妹妹，還真的是比從前更有魅力了。

最初一個善意的謊言，後來變成一連串圓不盡的謊，但卻也成就了一樁「醜小鴨變天鵝」的美事。你說，有時候是不是話說得真，不如話說得巧呢。

不要讓自己成為別人情緒的加害者，而是更進一步，讓事情經過美化後，能解決的更好。如果你能恰當拿捏白色謊言的尺度，不流於惡意欺騙，你將有機會因為善於「不說實話」，而建立暢旺的人際關係。

透視「話中話」、「題外話」

氣話，和情話，有時候是很難區別的。

情人之間吵起小架，常會說上這麼一句：「你再去找一個更好的對象吧！」如果，你當真了，就此和對方一刀兩斷，那也未免太不解風情。十之八九看來，這都只是一句氣話。

有一個戀愛中的女生小敏，她的男朋友缺乏自信，所以非常愛吃醋、脾氣也不好，常常為了小事就和她嘔氣、說氣話。雖然如此，但男朋友還是有很多可取之處，像是為了兩人的約會基金，男友在工作之餘還另外又兼一份差事；他還燒得一手好菜，常常下廚煮她愛吃的菜色，而且還很重視她養的狗狗，放假總會不嫌棄地帶著牠一起去約會。

所以，當男朋友每次一生起氣來，又開始氣話一籮筐時，她總是耐著性子，當作是「腦筋急轉彎」的時間到了。

有一陣子，當男友知道有其他男生在追她，心裡很擔心小敏移情別戀，但又拉不下面子說好聽話，他反而常挖苦的說：「妳以為妳很美嗎？只是還好而已啦。人家追妳又不是真心喜歡妳。」

小敏知道男友真正擔心的是什麼，所以故意擺出低姿態回答說：「那真是要謝謝你這麼看重我。」男友聽了心裡暗自高興，但嘴裡還是不服輸的說：「算我倒楣。」

有時候，小敏也會挑剔男友的小缺點，男友賭氣的說：「如果和我在一起不快樂，妳再去找一個更好的男人吧！」

小敏不想低頭，但也不想為小事吵架，便故意這麼說：「光是你這個差勁鬼就讓我夠受了，我才懶得再去找其他男人。」

男友乍聽之下很氣惱，但仔細想一想，不禁笑了出來，感覺很甜蜜。兩個小情人妙說妙答的吵吵鬧鬧好多年下來，至今還是在一起，而且，鬥嘴鬥得愈來愈有默契了。

情人在一起，運用的多半是「感性」，說的也多半是情緒話。即使對方真的要求分手，不只是氣話而已，你還是可以換個角度來聽，把分手當成是一種寬闊的祝福。你有機會去開創另一段感情，也許，會比現在的更好；你也因此有機會以另一種方式去感受愛情，也許，會因此而更成熟。

我曾遇過一個老闆，他創立公司到現在二十年了，從來沒有讚美過員工。他認為讚美員工，會把他們給寵壞了，所以，雖然手下遇過幾個傑出的人才，但是，還沒等到升遷，他們都因為老闆「口頭吝嗇」的作風，感覺到自己不受到肯定，甚至誤會老闆是個不懂得惜才的人，所以陸陸續續的都離開公司，另尋出路了。

這位老闆對於自己固執的個性，其實也很苦惱，尤其培養這麼久的好員工，就因為誤會而流失，對公司實在是莫大的損失。但是，所謂積習難改，每次老闆下定決心要說幾句好聽的話，也在心裡演練好多次，一當著員工的面前，話到嘴邊又吞了回去。

這件事讓老闆娘知道了，她是個有智慧的女人，雖然過去從不過問公司的事，但這次卻幫老闆出了個好主意。隔天，老闆不再透過人事室發佈行政命

令，而是親自把一位他想提拔為經理候選人的員工請進辦公室，希望他能願意長期留在公司。他的表情一如往昔很嚴肅的說：「你也在我公司工作了一段時間，我想，你應該會有不錯的發展。」

這句話聽起來毫無溫情、也沒有明確的「牛肉」，但是，卻暗藏著肯定之意。這員工是聰明人，他聽得出老闆的話中有話，心裡竊竊地高興，一切的努力終於化為甜美的果實，他等著。老闆不用刻意改變作風，擺出和藹可親的樣子，但終於也留住了人才。

往後，老闆偶爾也和部屬談談國際局勢、談談保健養生的話題，雖然聽起來都和工作無關，但也因為這些很明顯的「怪怪題外話」，員工察覺到老闆有那一分親近下屬的心意，也更樂於定下心來在這家公司工作。

個性矜持的人，經常不好意思直接表達心裡的話，有時候當著面，總是欲語還休，或是風馬牛不相及的閒扯一番，最後要告別時，才匆匆促促、支支吾吾的補上幾句看起來像是附加上的「題外話」，其實，往往那才是他真正想對你訴說的重點。

如果，遇到這樣性格的說話對象，得要自己學著抽絲剝繭、思想轉彎，打撈出他真實的話意。不要吝於多給他五分鐘，多給他一些拐彎末角、聲東擊西的時間，當你慢慢回味起來，會發現，那其實是你們之間很特別的一種談話情趣。

逢人且說三分話

和交情淺薄的，說得太深入的話題，顯得露骨；和不明來歷的人，說得太坦心露背了，可能會招來危險。

看什麼樣的對象、什麼樣的環境，來斟酌說話的深度、廣度，和談論的話題，這是說話的「分寸藝術」，在有些情況下，「意猶未盡」是必要的。

曾經有一個百戶大社區，每一季會定期舉辦社區里民大會，幾個常常在庭園散步認識的鄰居，趁這個時候也是打開話匣子聊得很熱烈，有人談自己的小孩、丈夫，有人談工作、旅行，有人甚至煮菜、洗澡的事情都搬出來講。這時候，有幾個媽媽們興致勃勃討論彼此手上的戒指、脖子上的項鍊，愈聊愈投緣，竟然連家裡珠寶手飾要藏在哪裡最隱密這種事都抖出來「分享」，有人說藏在衣櫥裡，有人說用塑膠袋包一包藏在馬桶水箱裡，有人藏在廚房抽油煙機的頂蓋上，這幾個婆婆媽媽還較量著誰藏的地方最隱密、最有創意，得意忘形之際，音量不自覺的也愈提愈高，在一旁的其他鄰居很多人都聽到了。

隔了幾天，A棟六樓驚傳夜晚遭小偷光顧，家裡的現金手飾都被偷走了，犯案手法高明，對於貴重物品的擺放處似乎很瞭解。又過了幾天，隔壁棟的一戶人家也遭小偷潛入搜刮，損失慘重。

偷竊案一向不容易偵破，幸而社區各個角落裝設了很多部監視錄影器，在層層比對下，過濾出幾個嫌疑犯，憑著現場留下的鞋印和指紋，終於發現小偷原

來是社區裡的「自己人」。這個「自己人」在那天社區會議上無意間聽到那群婦女的談話，聽著聽著，竟然動了歹念。

年幼的旁聽者，和沈默的旁聽者一樣，都是很容易被忽略的。

曾有兩個小女孩坐在一起畫畫，她們一邊談論自己的父母。一個小女孩對另一個小女孩說 ：「你知道嗎，昨天我媽媽和我爸爸在吵架，我媽媽一生氣，拿起洗衣籃摔得好遠，裡面的衣服全部都掉在地上。她還很兇的叫我爸爸說：『你給我滾！』」另一個小女孩聽了之後，並沒有很訝異的反應，她說：「那不算什麼，妳沒看過我爸爸抓狂起來，更恐怖呢。他把整個桌子都翻過來，桌上的玻璃都碎掉了，他還好兇的罵我媽媽。我好怕他們會『切八段』，那以後誰會來照顧我？」

在兩對父母激情的爭吵中，完全忽略了小孩子受到的心理衝擊，也忽略了惡質爭吵對彼此感情產生的副作用。原本親密的夫妻，爭吵起來，口無遮攔、誇大情緒的謾罵，讓對方心裡受到很大的傷害，也發現原來自己的伴侶有這麼猙獰的一面，即使在氣頭過後，屬於大人的爭執落幕，事後也和好了，但是不清楚緣由的孩子們，在旁聽或目睹到的那個可怕片刻裡，心靈已蒙上陰影，一輩子回憶起來都會感到不安。

另外，有一個話說過頭、濫情拋心惹桃花的例子。

有一個喜歡和同事「故作親密」的女秘書，每次說話總是自己發明親暱的稱呼來呼喊對方，同事們知道她只是愛賣弄風情，多半也和她開開玩笑，並不以為意。然而，一個個性保守的新來男同事，認為這位女秘書常對她說一些個人的私生活，說話語調又很嬌嗔，一定是在對他「放電」，為了不辜負美人心，他決定對這位秘書展開追求攻

勢，反而把這秘書嚇了一跳。

「你誤會了，我對你沒這個意思。」無論女秘書一再地澄清，這位男同事還是認為她只是「不好意思」承認，所以，仍然繼續努力地追求著她不肯放棄。不僅每天尾隨著她下班說是「護送」她，早上也到她家送上早餐，還在信箱插上一朵紅玫瑰，他相信總有一天能贏得她的芳心。

這件事成了公司裡最大的笑話，而那位女秘書受盡困擾，對男性的言語舉止也收斂不少，她不敢再像從前那樣花蝴蝶般東沾西黏的。這男同事最後終於相信自己誤會了，他傷心欲絕的哭了幾次，後來，兩人在公司都不再打招呼了。

因此，無論是對於不熟識的，或是親密的人，話到嘴邊都要先三思，「逢人且說三分話，未可全拋一片心。」的道理，就是在於不要逞一時口快，而傷害別人，或是使得自己置身險境。而喜歡把話說得太滿、或是根本就是誇大其詞，也許能享受到一時膨脹的快感，但是，卻得小心可能氣球會被戳破的尷尬。

無言也是一種表達

不是所有的事情和感受，都能用言語表達清楚。也不是所有的問題，都適合用言語訴說出來。人類感情複雜的極致，常使得言語無用武之地，組合不出最貼切的意義。

尤其是，當你還沒整理好自己的情緒和思緒時，愈多說，心愈煩亂；別人呢，則是愈聽你說話，愈想要趕快走開。

在找不倒適當的話語來陳述心中感受時，不如先沈默一會，閉上眼，深呼吸，讓心靈沈澱下來。沈默並不是意味著毫無意義、乏善可陳。關於靜默背後，反而隱藏著只能意會難以言傳的豐富繽紛，一個人的感懷，把人情世事昇華為精神的養分，而所謂知己，必能觀眼知心，即使在相對無言中，仍然依稀感受得到對方的心意。

沈默，安安靜靜，是一種無聲澄澈的境界。

在人群中打轉了很多圈，你遇到的不一定都是契合的人，因此，摩擦、受點傷，都是難免的。有些人甚至用很無情的方式攻擊你，你一定痛恨那些人，但是，經過那樣的體驗，讓你終於知道，人生，是你自己一個人的路，不要妄想永遠依附誰，不要渴求每個人都得善待你。你也終於能領略到，有時候能一個人獨處，是一種清閒，是一種幸福。

你和自己相處的時候，會漸漸發現，從前的你並不完全瞭解自己，你的世界，還有很深的部份等待你去認識它。你彷彿在自己的世界裡，遇到了一個新朋友，你學會和這位神祕又深奧的新朋友在心靈深處對話。當你愛上這種感覺，和自己的心靈談起戀愛，你更會訝異

平常你常和許多人說話，包括同事、家人、朋友、客戶、鄰居甚至是陌生人，卻沒有時間和自己的內在說說話；你也許常聽這個人說什麼，聽聽那個人說什麼，卻很少關心自己內心的吶喊。你常常怕被人冷落，但是，你卻常常冷落自己。

父親走的那年，我十九歲；對愛情不再憧憬的那一年，我三十歲。我終於體悟到，人生，到頭來不過是自己一個人的事，生命的際遇，有時候會用很殘忍的方式告訴你一些道理。

每個人都會有些時刻，心好亂，好想狂呼急吼，好想把頭髮抓亂、涕淚縱橫，但是，你並不希望找誰來聽你訴說，你不願意有人坐在對面，看著你的掙扎。而有時候，有些心情、有些故事，你好想告訴別人，讓你的快樂能夠更放大，但是，你找不到恰當的話語來描述你的感受，也可能找不到一個真的有興趣聆聽的對象，或是找不到一個溫馨的角隅能好好歇談。那不如就和自己內心對話吧，陪自己傷悲，陪自己歡悅，每個人的心裡，都住著一個超然的、溫柔的另一個自己。輕鬆一點，可以說這是自我告白，嚴肅一點，可以說這是自省的時光。偶爾，給自己一點這樣的沈靜，讓生命在靜謐的須臾，閃現更多的可能。獨處使你遠離動盪和喧擾，一切情緒的波瀾都會逐漸平緩下來，一切得失都像是雲煙飄過，沒有什麼好抱怨，好牢騷。人只有在這麼無爭、平和的時刻，才能心中靈光閃動，才有能量去思想一些美好的事、有新意的事。

所以，每個禮拜，我會安排一兩天，一個人待在家，不多說話，不回憶過往，不尋找驚喜和刺激，恬恬澹澹的、孤孤單單的享受寧靜。在這一兩天之中，我發現自己做的事情，比其他幾天更有想法、更有特色。有些複雜的情緒，經過這一兩天的沈澱，也變得可以一笑解千愁，無傷的把它們送進歷史裡。

如果，你常常覺得，明明希望自己可以冷靜的處理每一件事，但是卻偏偏感覺到事情太多、全都擠在一塊兒，以致於使你焦頭爛額，情緒失控。你也想要優雅溫和的對待身邊每一個人，但是，當大家相處在一起的時候，你又覺得不能稱心如意，覺得溝通不良，所以心情很不愉快。

其實，這並不是你的時間不夠用，而是你把行程排得太緊湊了，緊湊到你不停的忙碌、持續地疲勞得不到舒解，做事效能反而變差，心裡當然愈來愈焦急。在這種時候，你最好挪出幾分鐘發個呆，什麼事都不做，什麼情緒也沒有，空無，是身心充電最有效的藥引。

而在人際關係上，有時候你太依賴別人，太指望別人，不知不覺中，情緒隨著別人舞動，你卻以為自己是身不由己。其實，有時候你需要朋友，有時候，你也需要獨處，需要在心靈裡依靠著自己，單單純純安安靜靜的跳自己的舞步。

不用言語，一切仍然存在。而且很多用言語處理不好的事，它需要在沈默中沈澱，在沈澱的過程中銷蝕掉一部份稜角，留下圓潤的結晶，變得輕盈地讓你負荷得了，它不再那麼容易割傷你的心。

所以，找不到適當的聽眾時，何妨在心裡和自己對話。尤其在這個忙碌、緊張、社交頻繁的時代，能偷個閒與自己獨處片刻，其實是很幸福的感覺。

愛執著

愛情，是很多人喜歡談論的，而且，始終談不出個所以然。它是生命中不一定需要但是一大挑戰，也是人心靈裡最難以操控的暗潮。

青春時期純純地愛，成熟時期的乾柴烈火，晚春的恬澹相依，每個階段，縱然對愛情的價值與期待不同，但我們仍那樣沈醉地隨著時光之流，輕輕撫觸著愛情多變的質感。

愛情，是人生一份重要的夢幻。

雖然沒有一百分的完美情人，但是卻有百分百的愛情。只要願意無怨無悔，你就擁有滿分的情緒，沈溺於自己嚮往的夢幻裡執著不已。

玉淑是個對愛情很安靜的女人。初看她的模樣，你會以為她是那種把男人踩在腳地下的女人。

她一副強悍精明、氣勢高傲，有一份自主性很強的工作，擁有一戶市中心精華區的房子，平常自己開車上山下海毫不依賴別人。誰能想像的到，對於愛情上，她卻像是走回古典文學裡去了。

她的單身公寓裡其實同住著一個她「資助」的男人。當初她看這男人有才華，又長得體面，唯獨在工作上總是哎嘆懷才不遇，她盲目的愛上了所以相信他時運不佳，就這樣對一個茶來伸手飯來張口的男人竟然感到心動，一養就養他好幾年。

每天忙了一整天工作，下了班的玉淑趕回家去做飯給這男人吃，晚上他在看電視，玉淑

跪在地上，把整屋子的地板全部擦拭一遍，然後洗髒衣服、摺前一天晾乾的衣服，還得幫那男人熨襯衫，忙得一身汗後再去洗澡、刷洗浴室。

有一天，朋友到她家裡探望她，大家聊得很起勁，一窩女人又喝咖啡又吃點心，能抖的心事通通抖出來透透氣，忽然玉淑看看牆上的時鐘，眼神透出「時間到了」這樣的訊息，她的「家事發條」彷彿又開始啟動了，只見她走進臥房換上輕便的衣褲，然後，跪在地上開始擦地，邊擦、還邊細數她在地板上所發現的東西，首先，是那男人掉在地上有點自然捲的落髮，接下來，是被彈射四處的指甲屑、還有塞在櫃子邊穿過的襪子、還有引來螞蟻的餅乾屑，聽她一路細數，還不時盯著「那些東西」發笑。

愛情讓人痴傻嗎？好個怪怪女人。朋友們都為這表裡不一的現代奇女子感到不可思議。不過，也許正是因為玉淑夠傻氣，才懂得愛情在很多時刻，需要靠異常的幽默才能延續。

她向來沒有什麼牢騷，關於這段讓旁觀者看起來覺得應該很累人的愛情，玉淑從沒有照朋友所預想的那樣宣洩過。

如果真要「計較」，愛情就會消失了，你和你的他都會不快樂了，你們將失去談戀愛的資格，反目成仇。因此，愛情的甜蜜屬於盲目執著的人才能享受到。

像是，他究竟是不是最適合我的人，他究竟是不是最疼愛我的人，而究竟，下一個邂逅對象會不會更好？其實，這些都不是容易得到答案的。唯有兩人都有誠意一起過生活，才是一段真實的交流。

也沒有一段愛情的經歷是會憑空消失的，即使它過去得再久，它仍鑲嵌在妳生命的軌跡裡。只是已經受傷的感情、被裝進回憶信封袋裡的感情，是不能勉強再去續燃的。每一次愛情的火花，都有一個最適合的時機，錯過時機，就像是機票過期，你已無權擁有那段美好的航程，即使你仍痴心趕搭，你也只能算是下一批旅客，旅程的經驗不會再相同。

曾經在多年前一次日本的空難事件裡，有數百多人不幸喪生，僅有4人生還。其中，有生還者回憶當時墜機前幾分鐘，飛機裡乘客們包括他自己都是驚慌尖叫、相擁哭泣的混亂場面，當時，他不經意的注意到有一位男士非常沈著冷靜，拿著紙筆，利用生命最後的片刻不知在寫些什麼。

後來，這男人沒有逃過這個劫難，這張紙片伴隨著那男子的遺骸被尋獲。字條上大意是寫著「親愛的貴子（他的妻子），沒想到昨夜是我們相聚的最後一晚，但我為我曾擁有的幸福感到滿足。筑彥（他的兒子）要好好愛護弟妹，我的希望寄託在你。」看了這張紙條，親人都淚流滿面。

愛，在人生的終極時刻，往往是最光輝的。許多平常未曾深思的、未曾表達的，此刻深深切切地撼動著你的心弦，發現到自己的愛原來這麼深刻。

然而無論是什麼形式，愛情總是有別離的一刻。無論是早是晚，兩個人總有不得不散開的時候，你就必需學著去放下它。這不是一件容易的事，因為愛的本質是執著，也因此，「放下」比提起，更需要去學習。

學習別為你愛的人太牽掛，雖然你深深愛著他，他也對你情有所鍾，你們彼此仍然需要擁有各自的空間和自由。彼此有愛的兩個人，不一定就非得時時刻刻連結在一起，時時刻刻都在一起，你不必因為愛一個人，而放棄掉所有屬於你自己的美好理想。

一份穠纖合度的愛，就是在你需要他的時候，他就在你身邊；你不需要他時，他也能夠暫時跳開。

畢竟，你是獨立的個人，在認識他之前、認識他之後，或是某一天他從你後半段的生命裡永遠缺席，你始終都是一個有主體靈魂的個體。你和自己相處的時間，永遠多過於他陪伴你的時間，所以，一定要學習好好看重自己，好好地愛自己。

如果，因為太喜歡一個人，而對他百依百順、隨著他的指令起舞，甚至，因為他的幾句批評，你竟然開始不喜歡自己，對自己失去了自信心，那麼，這份「喜歡」顯然是一種迷亂，這份感情，既不美麗，而且可怕，彷彿是一種靈魂的取代。

愛的本質是執著，執著是非理性的，所以，要提醒自己謹慎小心。不要因為對某人有一點心動，就以為必需開始執著，永不放棄。

有些人，你感覺愛他，但是相處起來，卻覺得格格不入，於是你想修改他的言行舉止，甚至想重新為他洗腦。你辛苦，他也辛苦。你們的愛開始冒煙、起火，你們感覺到氧氣愈來愈薄，開始走入窒息前的焦躁不安。

美麗的愛情，是在激情的感覺上，和平實的相處上，都必需感到和諧。

如果以他的立場，該去做某些事，該這樣去發揮他的才能，這樣去承擔他的責任，他一直用他的方式過他的人生，你有必要去改變他嗎？你為什麼要去改變他？你憑什麼要去批判他？

你要做的，其實應該是調整愛他的方式、變化欣賞他的角度，而不是因為你自己的想法而想扭轉他。如果，你真的很不滿意他，那麼，你不要停在原處抱怨他、不要為難他，你大可以去挑別人，去換一個戀愛對象。

當執著成為彼此的負擔，使兩個人都不舒服，那就是愛結束了。

即使曾經，你滿心相信生命中一定有某個人在某個轉彎處著你，你們會一起白首到老；但是也許，在下一個轉彎處，還有另一個人在等你。你走著走著，執著過、然後不執著；不執著，然後遇到了另一個讓你又想執著的人，愛的緣起緣滅，沒有定數，但是確實有一部份的決定權操之在你。

能夠感覺到自己有愛，也感覺自己被愛，或是為愛所傷，都是一種幸福，證明人生中你經歷過深刻的愛情。

如果，幾回合下來，你發現執著去愛某人對你來說並不容易，又如果，你的愛總是被對方忽略，那就全心全意地好好愛自己。

有能力、有智慧給予自己幸福，又何需依賴伴侶、抱怨命運呢。和自己好好談戀愛，其實才是人生中最重要的學習。

恨難平

恨的產生，是因為你的愛得不到預期的回報。你心中執念著一個標的，那就是你付出了，就要有收穫，甚至，你指定對方的回報要和你預期的相同，一但有出入，你情緒的天秤便失去平衡，耿耿於懷在那個預留給「收穫的」的空虛的洞。

今年梅雨季節，有一回Jam執意要在雨天逛街，她不間麻煩，不怕水噴，撐著她的花傘，和勉強陪她一起逛街的朋友擠進上班族特多的市區街頭，走著走著，忽然Jam臉色一沈，她用雨傘去推擠前面那個女人。

那女人一頭染紅的卷髮，被這麼一揮，幾撮頭髮被Jam的傘架勾住扭轉，她抓住自己的頭髮轉頭大罵：「是誰不長眼睛！拿雨傘亂戳什麼呀！」Jam的臉還是一副鐵青色，她隨著人潮繼續快步地向前推擠那女人，還狠狠地瞪著她撐的紫色雨傘，「可惡，就是這種紫色！」她咬牙切齒的說，很像天生跟紫色有仇。原來那把雨傘的顏色，激起了Jam心裡的舊痛。

一次Jam和丈夫的假期旅行，Jam在丈夫車裡發現一把秀氣的紫色雨傘，丈夫說是同事搭他的便車忘了拿走，沒什麼，但Jam可不信。過了半年旁敲側擊的追查，終於證實丈夫暗地裡和一個公司女客戶交往，而這把雨傘，就是那外遇女人留在車裡的。

對此Jam深受打擊，曾和她一起在婚禮許下生生世世不離不棄的那個好丈夫，竟然變得這麼不忠實。Jam也恨那個介入他們感情的女人，詛咒她的話幾乎怎麼說也說不完、罵也罵不過癮。從此Jam也對紫色極為厭惡，紫色，是她這七年來一直睡不醒的噩夢。

平息不了自己的又怒又惱，Jam已淪為情緒的傀儡，受自己情緒波瀾任意衝撞所苦。人畢竟不可能與自己的記憶作戰，受過傷、受過挫，如果你無法真心原諒對方、寬容命運中的差錯，你就無法寬待自己的情緒、無法平和的生活下去。日日夜夜，隨時隨地，都可能舊痛再復發。

「我沒有辦法控制自己不恨，報復的念頭就是會不斷在腦海裡盤旋，我有錯嗎？我是受害者耶！」Jam對我提及此事時，美麗的臉龐變得憔悴又猙獰。我並不想坐在對面看著她痛苦掙扎，只希望陪她喝完這杯熱熱的咖啡，使她蒼冷的心感到一絲絲溫暖。

也曾有一個歐巴桑，她今年八十多歲了，還常常跟旁人提起她在五十年前她嫁給她丈夫以後，如何的受到丈夫拳腳相向，她丈夫如何如何不負責任，不顧孩子。她說的時候比手畫腳、氣憤難平，她的心還在痛，這一痛延續五十多年，到現在她都還沒有走出來。聽到她的際遇，大家都感覺到很同情，但是同情有何用？想想，一個人有幾個五十年，那麼一大段的人生竟是這麼過的。值得嗎？

恨，不會是一種解脫。恨，反而是對自己二度、三度地傷害。然而恨會這麼難以撫平，是因為你的愛太執著，你的欲求太執著，明知感情已變質，不需要再執著，你還是固執的惦記著。所以，雖然日子一天一天褪去，但有些痛從來沒有消退，有些淚仍繼續在心底流著。

負面的情緒，會消耗身體巨大的能量，而且產生可怕的毒素。你對某人發脾氣，懷恨不已，事後，你會卻覺得整個人既失落又疲倦。盛怒中的你愈是激昂，發怒後，反而就愈是萎靡低潮。

對方值得你這麼消耗嗎？如果他真的辜負你，你更不該為他激動，因為仇恨和生氣都不只是一種宣洩，而是意味著你仍然繼續在投入很深重的情感，但是，他還值得嗎？在恨意難平的時候，至少冷靜一分鐘，想想這個問題，不要隨便浪費自己的情感在不值得的人身上，尤其是生氣對你沒有任何益處，你無異是賠了夫人又折兵。

有時候，人在盛怒的另一面，同時反應出的是自己的怯懦。你的一股氣，是不是不敢對著那個被你視為「該死的傢伙」而發？回想一下，你在盛怒時說的話，是那麼尖銳，那麼有稜有角，當你為某人某事滿嘴謾罵、歇斯底里的咆哮、悲憤的哭泣時，陪在你身邊的，多半是愛你的家人和關心你的朋友，你的怒氣都對著他們開砲，把氣出在他們身上，不僅對他們不公平，而且又讓他們為你心疼擔憂。你的恨，往往使仇者快、而親者更痛。

情緒的宣洩方式有無數種，衝動的人，人家罵一句就回一句，人家打一拳就還一掌，直到彼此都筋疲力竭，心裡仍然懷著恨意，等待下一次的鬥爭。不要讓自己像是一條鬥魚、鬥雞，只是為鬥而鬥，讓自己經常也跟著對手一起負傷。

沒有人因為懷恨而獲得好處，懷恨，必然使你愈懷愈恨，真正能洩恨的方式，只有「寬恕」對方，才能善待自己的情緒。用修養，轉怒氣為和氣。如果，他給你的傷害，真的嚴重到已令你像是「死過一次」那麼心碎，那麼，你的心既已死過一次，就沒有什麼好不能放下的了，你應該活得更豁達，更瞭解自己的傷口，多半是因為自己太介意而反覆磨蹭出來的。

有時候，恨意的產生，只是因為你太在意你的自尊而惱羞成怒。

也許對方碰觸了你的弱點，他並沒有說錯什麼，只是說了你不想聽的實話；也許有些人對你提出批評，他們希望你能更改進錯誤，更加的進步，但是你想聽的是讚美，因此你對他們翻臉了，以為他們在找你麻煩。你甚至惡言相向、反唇相譏，把關心你的人都逼退了。

其實，你那麼一觸即發，你恨的是什麼？你衝動的脾氣，使你失去理智，分不清來者的善惡，像是刺蝟。讓自己身處孤獨，也刺傷了想親近你的人。

有時候，在恨的狀態下，也是認識自己另一面的好機會。回想你在氣頭上說的那些話，在鏡子前重新擺出你猙獰的說話神態，也許你會發現，你平常一直很介意、壓抑很久的事情，只是在一個爆發點上使情緒潰堤，借題發揮，許多積壓的陳年老事，都是很早以前就該舒解開、解決乾淨的事，你卻積壓到眼前這麼嚴重的程度？可見得你對自己也許真是太漠不關心了。

常常檢視自己的情緒壓力，在恨苗初發，還未沖昏頭之前，用你的修養為自己搧搧風，冷卻一下。能夠如此把持住自己的火山口，即使在人際之間偶爾有小摩擦、小誤會，也不至於鬧得不可收拾。即使有些話聽起來是那麼尖銳、那麼衝突，你卻可以發現其實它也那麼特別、那麼有助於你的成長。能夠用你的心去體會、去傾聽「恨」的源泉，就能從這源頭獲得一個平和的自我認識、自我成長的契機。

情難捨

看著他開心，你也開心。看著他若有所思，你的天空也飄來幾朵雲彩。他有時讓你感覺好溫柔，有時又有點冷漠，你有時好幸福，有時卻覺得心情有點灰。

因為他充滿感情，牽引著你；你被他所牽引，其實也是因為你也充滿感情，才感受到他的多情。

「他」，可能是你的親人，你的愛人，你的朋友，或是一個路過的人，因為生命中好多好多的「他」，你的生活裡有很多豐富的感情交流，緣以寄情的軸心，你也幾乎沒有一天能過平靜的生活。你的心像海水，有潮汐變化，像溪流，有時沖激，有時潺湲。

情，像三千髮絲，隨著閃動的思緒撩撥，它時而飛揚，時而糾結難解。它是一種迷亂心神的謎，但卻又是滋潤生命的養分。

平常我們之間那麼多的談話，是因為情感必需互相交流才能發出光芒。

因為有情，我們珍惜生命，我們甘於迷走於紅塵俗世。

人有低潮的時候，這時候多半是因為你產生了錯覺：你以為這世界上沒有人愛你，以為沒有人再對你有感情。其實，你沒有愛情，你還有親情；有時候，你覺得親情還不足以滿足你的情欲，你還有朋友，還有友情。

即使，你一切都沒有了，還有超然的大愛讓你的精神得以依靠。

你想要把握住更多的情、爭取更多的情，要先學會對別人有情，並且學會把心窗打開。如果你把自己關在一個緊閉的屋子裡，你將看不見陽光，也感覺不到涼風；當你把自己的心關在一個矜持排外的武裝狀態裡，你也將感受不到人情的溫暖。

有些東西，你看不見，但它確實存在，而且很寶貴。走出門去吹吹風吧，推開你的心扉，去感覺愛吧。當別人的情不主動迎向你時，你可以自己主動去爭取。你可以現在就撥打電話，或是，直接往朋友的方向走去。

當你深深瞭解情的溫暖，情的美好時，面對一段感情逝去，或是變質腐臭時，你也會深深地感覺到失落、傷心。你無須抱怨，因為情來、情走，不是由你一個人決定的。

人生難免因為親人的死亡傷心，因為朋友疏遠而失望，甚至你養了一條可愛的小狗，竟然不小心走失了，讓你一連好幾天擔心得睡不著覺。美好的緣份消逝時，總是令人惋惜，但更重要的是，當緣份仍在的時候，你是否好好的珍惜過？是否因為享有它而感到幸福？

曾有一位中年喪偶的女人，丈夫因工作意外喪生，死後家裡沒有積蓄，也失去經濟來源。原本單純的家庭主婦要一肩擔起撫育子女的責任，她面對前所謂曾想過的難題。幸而，昔日一位好友夫婦開設麵店，決定雇用她來店裡工作，一方面也是幫她解決經濟上的困難。

這是友情，更提升為一種義氣。

這個家庭的新生命，也因為這份情義得以順利的走下去。由於孩子也在附近讀書，就近照顧也方便。晚上，孩子來店裡吃麵，也幫忙招呼客人，原本彼此只是朋友，現在卻像是一家人一樣。人與人之間的感情，如果能珍惜、能灌溉，便能逐漸成長、逐漸變濃。

而這位受幫助的

婦人，後來認識一位四十多歲的未婚男人，表示願意和她在一起，也願意照顧她的三名子女。這男人並沒有穩定的工作，尤其脾氣急躁，有時生氣起來對孩子更是沒有好臉色，但是這婦人卻認為這男人有這份心與她結婚，很令她感動。所以，她離開了這家麵店，和他一起生活，心想著她從此能重得男人的愛，孩子也能得到一種補償性的父愛。

接受了一份新的情，也等同於轉換了一次命運。情，是不理智的，為「情」所作的任何決定，常常都具有極大的冒險性。這男人工作收入一直不穩定，使這位婦人和孩子陷入第二度的家庭經濟困境，尤其這男人失業期間心情不好，常常打罵孩子來出氣，使這位婦女看了非常心疼，但是回想當初自己決定要和他在一起，似乎決定得太衝動了。

這婦女最後還是回到朋友開的麵店，希望能在那裡工作，貼補家用。幸運的是，那位老友依然對她們母子四人有情有義的收容。這回，婦人才更深刻的感受到，情緣有好也有壞，有深也有淺，有涓涓流長的，也有一時激情的。

能在患難中伸出援手的情，是最可貴的。這樣的人情，沒有任何物質能報答，只有衷心的感恩，好好愛護自己、珍惜對方的情意，好使這份情誼發出光輝的價值。

有時候，當你感覺到人生很辛苦的時候，當你覺得遇到挫折的時候，別忘了回想一下，你曾經如何的被許多人愛過，而現在，你的身邊仍然有親人、朋友一直在關懷著你。那些溫暖你心靈的人情，只要你不曾忘記，不去忽略，它們就永遠是你精神的資產，鼓動著你的意志力，去為自己、也為他們展現出你有能力活得非常出色吧。

人生不必「要求」情多，而要「珍藏」的多。

抽個時間，到貯藏室、床鋪底下、堆滿雜物的箱子裡找找，你必會發現被遺忘很久的感動，那段曾有過美好的感情和由衷的笑容，那種曾經被呵護和一心想照顧對方的感覺，永遠不要忘記。把它們記在心裡，或擺在看得見的地方，常常溫習這一份份的情誼，永遠都是生命中閃閃發亮的光點。

愁不解

愁，像秋天的心情，一刮起風來，你心靈的綠葉，也跟著被吹黃了。愁，像是走進金黃色的沙漠，光芒耀眼，卻看不到任何寶貝可以帶走。愁，也像是用雙手捧起海水，雖然只想擁有這樣一點海水，但是海水卻不斷地從手縫流走。你看著滴落的水珠墜落海面，泛起愈擴愈廣的漣漪，就像是你的失落愈墜愈深，愈來愈失去控制。

大多數的惆悵，來自於慾望的不滿足。想要佔有某人、某物的慾望落了空，雖然看去，除了夢想破碎之外，你沒有損失什麼，然而，你也沒有得到什麼。所以一切再度回到原點，感覺自己白忙了一場。

並不是極度的悲傷，卻又絲毫不快樂，愁的感覺很難描述，因此，惆悵的人，不斷的想要說清楚這種感覺，卻愈說愈迷惘，聆聽的人一頭霧水，沒有人真正認為他值得被同情，或是認為他迫切的需要被幫助。所以惆悵的心，往往只能靠自己繼續承受著這樣蒼涼的情緒，並且希望低潮快快過去。

曾有一位嫁作商人婦的女人，丈夫長年在各國出差經營生意，她則獨居在美國紐約的豪華花園別墅區。一回她為了參加姊妹的婚禮回國來，順道和久未聯繫的朋友聚一聚，朋友們看她一身名貴行頭，又知道她嫁得有錢人家，都很羨慕她，想聽她說說美國少奶奶的生活。沒想到她眉頭一皺，嘆起氣來，哀怨的說：「對有錢人來說，人生，就像是一場漫長的假期。」

朋友一聽又惱又氣，誰不希望自己的一生天天都像渡假那般優游自在，她竟然用那麼無奈的語氣來「感嘆」。

其實，這位富有的女人，雖然錢財不虞匱乏，但是她希望丈夫能有時間陪在她身邊，這個願望，從結婚後十年來都沒有實現過。她當然愁，因為擁有許多，但仍有欲望不滿足，常在患得患失之間游移。偶爾自我安慰，心裡平衡時，感覺到自己是幸福的，但有時候往壞處想，還是難脫愁緒的捆綁。

有些人的狀況，和這位貴婦則是不同的。擁有得不多，而困頓之處太多。有時候，不禁會暗想：眼前這條路真難走，這種日子再也過不下去了。

這種愁苦的想法，必需快快跳脫出來，否則，消極的人終究難以創造出光彩的生命，困境會一直延續成可怕的未來式。在這種不高不低，不前不後的時刻，你感覺人生遇到瓶頸，除了能找朋友談談，吐吐苦水，等待別人安慰你，拯救你，最快的方式，其實是自己學習心靈的「收縮能力」，去放大你生活裡小小的幸福，然後縮小你遇到的問題和痛苦的感覺。你對人生的評價，是可以靠著放大幸福，縮小痛苦而顛倒過來的。

既然，人生還是要走下去，生活還是要過下去，繼續懷抱希望，充滿希望的邁出腳步，不要因為愁困而軟弱無力，站在原地任由命運的流沙將你吞噬。

在沙漠中行走，之所以能夠找到綠洲，在海面上行船，之所以能發現彼端的陸岸，都是因為在行進的過程中懷抱著希望。有時候，你離成功只有幾步路，只要多踏出幾步，你就能突破瓶頸，有一番新的局面。

在前進的過程中，也許偶爾仍會感到有點

鬱悶，但是，要相信陽光會照亮黑暗，涼風會吹乾你的汗水，那陣陣的愁緒，只是情緒的小小波紋。輕鬆一點看待它，把它當成一種感性的享受，能以「享受」代替「忍受」，你會發現樂觀的面對各種情緒，才能收穫到更有價值的東西。

而人在有一點點愁緒時，特別容易激發出兼容並蓄的智慧，也特別會體悟到自己存在的意義與哲思，這是上天給你的補償，也正是你好好認識自我潛力的時候。不要愁得不知不覺，糟塌了愁的意境。也不要無愁強說愁，使愁變成一種空洞的自我折磨。

有一個女孩，在青春期的時候，她一直希望未來能成為身材高挑的模特兒，所以，她每天不停地跳高、拉筋，要求母親燉湯、買鈣片給她吃。她幾乎每天晚上都作惡夢，夢到自己身邊的朋友都很高，自己卻是個小矮子，坐在班上最前面一排的座位。

有一天，她忽然注意到幾位朋友的胸部很豐滿，而她的，卻沒有什麼動靜。她又發愁了，開始注意自己的胸圍大小，要求母親幫她燉煮豐胸藥膳，她嘗試少女雜誌裡教的豐胸按摩法，她從愁「只有A」，一直到愁「只有B」，然後，直到眾所矚目的C，她還在愁。

後來有一陣子，她又因為一件喜歡的裙子穿起來太緊，開始嫌棄起自己的臀部太寬，她隨時穿著很緊的束褲，勤著做提臀縮腹的運動，睡覺時一定側睡，想要把臀部壓小。每天她都用布尺量臀圍，禱告臀圍數字能快速的變小。

她的青春期到後青春期，一直都是愁眉苦臉。她忙著憂愁自己哪裡不夠好，愁到從沒有注意過自己的臉龐很美，從沒有一天因為自己五官的迷人而高興過。

想得太多，欲望不斷，永遠也愁不完。

以為改變現狀，就會過得更好，倒頭來也往往會覺得失望。

一個很熱愛旅行的上班族，他的心總是嚮往地球的某個地方，不喜歡固定在某個崗位不動。所以他計畫著去美洲，去歐洲，去西班牙，去埃及。他認為離開現在所處之處，到了遠方，就能離開一切壓力，變得比較快樂，比較瀟灑。後來，他陸陸續續地了去美洲，去歐洲，去西班牙，去埃及，每回旅行完，回到居住的地方，卻發現更加的失落，因為他並沒有變得比較寬闊，他面對一如往昔的工作和生活節奏，仍然令他心煩。

世界雖大，但對於情緒來說，卻沒有真正的桃花源，也沒有永恆的香格里拉。愁自你心，也必需在你的寸心之內才能消除。

感到有點憂鬱的時候，就做一個長長的深呼吸，然後，徐徐地把氣從唇齒間吐出。這個動作，可以幫助你鬆開你的胸膛，讓更多的氧氣進入你的體內，汰換掉濁滯的二氧化碳。

你的細胞會變得活潑起來，頭腦會清爽許多，然後你告訴自己，沒有時麼事情是過不去的，坐著發愁，不如去戶外走走。

看看樹梢，無論春夏秋冬，四季變換，它仍繼續的成長，雖然也有黃葉飄零，但是仍然繼續萌發新葉。樹木不是為了季節而活著，因此也不為季節而停止自己生命的能量。你也是為自己而活，為自己而成長，所有的歡樂與哀愁，都是屬於你的情緒資產，都是適應人生的調適過程。在秋天的地上看到落葉時，不要只為腳下窸窸窣窣的聲音心碎，抬起你可愛的臉來，感受一下涼涼的秋風，感受一下溫柔的光線，這是人生裡不卑不亢的蕭瑟美學。

懼不怕

恐懼是每個人與生俱來的「老朋友」，那是一個生命體最原始的情緒反應之一。誰能說自己不是一路被「嚇」到大的？誰能否認人生不是一連串克服恐懼的過程？

當你在母親體內從一個微小的受精卵，逐漸孕育成擁有人類的四肢與臟腑時，你的腦部也開始有簡單的反射運作，你已擁有基本的感覺能力，你並沒有擁有一個堅強的心靈，當母親受到震動，你便受到驚嚇。

直到你露出可愛的小臉，陌生的空氣衝進你的鼻腔，你的肺泡前所未有的開張，你嚇得哭泣，因為你的身體不曾有過這樣的感覺。而羊水流逝，子宮仍留在母親體內，你卻赤裸裸的需要裹緊包巾，被抱在暖暖的懷裡，才不會因為各種聲響和氣味的刺激而四肢顫動、嚎哭害怕。

父親、母親或是保姆，總是把你抱著、捧著、背在胸前、扛在肩上，為的就是儘可能提供你「安全感」，讓你不恐懼。

直到你學會站立，小腳開始跨出一步、兩步、三步，你學會走路，學會操弄更多的玩具，你也漸漸熟悉窗外汽車的喇叭聲、鄰居的狗叫聲、烘衣機和吸塵器的噪音、過年時候徹夜的鞭炮聲、電視裡的嘈雜、父母兄弟的大笑聲和咆叫聲，當你知道的事物愈來愈多，你怕的東西一樣一樣的減少，你也開使邁向更進階的探索課程。

還有各種新鮮事足以嚇壞你。只是你的心靈經過了幾年的鍛鍊，不再那麼脆弱不堪，你被大人允許也被大人迫得常常得一個人面對驚嚇。你高聲尖叫時，不再有人會那樣快速地跑過來，把你抱進懷裡，沒有人會一直安慰你「不要害怕」。這些都變成你自己要做的事情，當你愈來愈有機會和「恐懼」獨處時，你得學習擁抱自己，拍拍自己的胸脯，告訴自己「不要太害怕」。有時候，克服恐懼的過程並不是每次都會很順利，你有時邊流淚邊瞪著令你恐懼的事物，腦袋裡仍然必需試著理智的尋找出辦法，來減輕「那玩意兒」對你產生的震撼，不然，身陷在恐懼情緒中，會使你無法做任何事情，甚至因為恐懼過度精力耗竭而昏厥。

多數令你恐懼的事，都是因為你對它「不瞭解」。你認為它會帶給你危害，而且你以為自己毫無招架之力。所以，有時候你腦海裡浮出的第一個反應，就是「逃吧」。

你一再一再地學習逃避，以為逃得很遠，或是用很多事情來覆蓋它，它就會從你的生命中消失。但事實上，逃避只會帶來更大更大的陰影，因為你高估了對手的能力，把自己看得很無用。一路上，你不斷向前逃跑，卻也得常常回顧，看看它「追上來了沒」，你花很多力氣在和它賽跑，它從來沒有從你心靈的跑道上消失。就像你看到一個個頭高大的傢伙，你心想這一仗鐵定輸定了，害怕得直打哆嗦，幻想自己會被揍得多慘，結果你還沒揮拳，全身已癱軟無力。而且這朵烏雲也遮蔽了你未來的陽光，往後你每次看到他，你都因為他是你記憶中的強者而不由得害怕，他成了你心中揮不去的魔，你一直以為他很值得令你這樣恐慌。

其實，對抗恐懼唯一的方法，就是去鍛鍊你的心靈。恐懼，是與生俱來的反應，

鍛鍊心靈，則是生命中的必修功課。

夢夢，是一位受過家庭暴力傷害的小女人，她的丈夫有酗酒的習慣，每回喝醉就對她拳打腳踢。她常常用很厚的粉底和腮紅想掩飾臉上的瘀傷，面對旁人關懷的詢問，她都佯稱是走路時不小心跌倒撞傷的，但是，明眼人都看得出來，她「這一跤」跌的不輕。

有一回深夜，她被酒醉的老公打得逃出家門，全身上下只穿著睡衣，分文未帶。她招了一部計程車到一位好友家裡去暫住一夜，朋友幫她付了車資，問她怎麼回事，只看她眼神空洞、渾身顫抖的一直重複著：「我老公一直打我的頭，我真的很怕被他打死。」朋友要幫她報警，她卻猛搖頭，煙一根接一根的猛吸，就這樣渾渾噩噩渡過漫長的黑夜。

早晨，朋友心疼的把夢夢拉到鏡子前，對她說：「看看妳現在變成什麼樣子，妳以前有多漂亮，多有自信，妳還記得嗎？」恐懼，是具有感染力的，它會使整個人的模樣看起來也讓別人感覺到很恐懼。

但是夢夢一直以來，都不願和丈夫分開，她雖然恐懼丈夫的暴力，但是她也害怕改變現狀，「我一個人要怎麼過生活？」夢夢對自己完全沒有信心，她癱軟在現況裡與魔鬼為伴，只推說自己無可奈何，束手無策。

其實，害怕改變，是一種惰性。而對自己能力的無知，是恐懼的淵藪。

幾個月後，一次更嚴重的毆打讓夢夢住院了，朋友和善心的社會義工輪流照顧她，肇禍的丈夫沒有來看她，這段時間夢夢脫離了家庭和丈夫的環境，反而得到了一段冷靜的時間。

也許，當人到達了恐懼的極致，窮途末路之時，自然就會轉身去面對它，想要去改變自己的不幸，想要爭取自己活下去的權益。

夢夢終於決定離婚了，雖然丈夫不同意，但是他對夢夢的傷害於法有據，夢夢申請的離婚獲准。在克服了對於改變現狀的恐懼之後，夢夢接下來，必須克服的是對於自己獨自生活能力上的懷疑。她繼續從事以前的美髮工作，收入足以負擔基本的生活開銷，三餐也依然能夠吃得飽飽的。反而是少了這樣的丈夫，讓她有種神清氣爽的感覺，她現在才發現原來自己一個人也可以活得下來，而且可以生活得這麼愜意，尤其是能活得這麼有尊嚴。挨丈夫毆打不是她的「宿命」，她有權力也有能力改變命運。

克服恐懼唯一的方法，就是面對它。當你面對它，它不再是個鬼魅般的陰影，而變成一個實實在在的問題，你不會只是害怕心驚，不知所措；當你不再忙著啜泣、逃跑，你的頭腦才會開始理性的運轉，尋找一些具體的方法來克服問題，減低它對你的傷害。

生命給你的只是身體能力，它沒有賦予你勇氣，勇氣，需要你自己去學習。尤其，有許多令你恐懼的事，有很長的「時效」，它會長時間對你的身心進行破壞作用。

增加自己的「知識」，可以使你對恐懼的事情有所瞭解，瞭解它的原由，它的實力，以及它的弱點，你就可以找到破解它辦法。

告訴身邊的人，你好恐懼，這也是一件很重要的事。「傾訴」你的恐懼，可以讓你自己在訴說的過程中，更清楚自己在怕什麼，以助於準確尋找對症下藥的藥方，同時，也能藉此讓你身邊的人給你一些鼓勵和經驗分享，那是你補給勇氣的重要能量來源。

人生旅途中有許

許多多未知的人事物，初次接觸也許常會使你擔心害怕，然而，拿出探險家的勇氣和樂觀，你可以縮短每一次被驚嚇的時間，並且把克服它，當作是種自我肯定的挑戰。即使是無邊無際的夜幕，也總有幾顆發亮的星子，即使行經荒山野嶺，路旁也總有幾朵小花會為你綻放，對你微笑。保持樂觀，永遠別忘記，你有免於恐懼的自由。

惑不疑

你為父母所生，這件事由不得你自主。但是除此之外，人生中大多數的事情，都是可以被你選擇的。社會上充滿多樣化的價值觀，你可以從中作選擇，決定自己看起來像什麼樣子的人。有許多前人已開闢出許多現成的路子，你可以選擇要走哪一條，通往哪個方向，你也可以自己另外去開創一條新路。連步伐你都可以自主，你可以決定要快步走，還是慢慢走，你也可以邊走，邊休息。總之，你擁有很大的「選擇權」，可以使生活儘量地符合自己的心意。

更具體一點來說，你可以選擇你要先玩這個玩具，再玩那個玩具；你可以選擇要先讀這本書，再讀另一本書；你可以選擇出門後先往左走，而明天你從右邊繞過去；你可以選擇在雨天你要穿雨衣騎摩托車，艷陽天你要搭冷氣計程車；你也可以選擇要先存錢湊足人生的第一個一百萬，然後再結婚，或是相反過來。生活一切看來，幾乎都在你的掌握中。

但是，「選擇權」使你擁有自由決定的權力，但是這種「自由」，卻使你必須隨時隨地都很有主見。

每個人的人生，都像是一組不斷分岔的葉脈，經歷的每一天、每一刻，都是從上頭的一個分岔點，走向下一個分岔點的路程。

每遇到一個岔口，你都要四處觀望，尋找評定的標準，然後決定往哪個方向走。有時候，你可以選擇不立即做決定，先在樹下睡一覺，等一下再決定，也可

以忍受過了這個寒夜，等明天再決定。但是，遲早都要做個抉擇、不管好壞都得做出決定，這卻使你感到，你好像失去了選擇權。其實，凡事都有代價，這就是擁有人生選擇權的代價 ：你擁有了選擇權，因此不得不選擇。

經過愈來愈多的事情，活過愈來愈多的日子，你也愈來愈發現自己心裡常常在問自己：究竟該何去何從呢？你的心裡總是同時發出好多種聲音在爭執、拉扯著，你彷彿分裂成好幾個你，一下子告訴自己往東方，一下子告訴自己往南邊，一下子又想改成往西邊去。

在這種時候，你想投個銅板來決定算了。但是，你又無法相信銅板這種沒有大腦的東西所作的偶然性選擇。有時候你會提醒自己，或是身邊的人會提醒你，冷靜下來，徬徨的時候，內心失序流於情緒化，並不適合做任何決定。

你學習等待心情平靜，等待慌張和混亂都沈澱下來，直到感覺自己清澈許多，再去分析自己的意圖、聽聽別人的意見，才評定怎麼樣的選擇是最好的。你學習謹慎的去做選擇，這使你在選擇的時候，更篤定有把握。

只是殘酷的是，你漸漸發現，即使深思熟慮後再做選擇，也不一定能得到完全滿意的結果，你有時候仍會損失一些東西，所以在下一次遇到類似的狀況時，你突發奇想改走另外一條路，做一種叛逆性的選擇，但是你竟然還是發現，沿途上風景雖然比較美麗，也有徐徐涼風，但是，你有時會被石頭絆倒，有時候半路上會下起傾盆大雨。這使你腦子裡充滿問號，你開始困惑了。走每一條路，都有一點擔心，都帶著一點沒有把握，你只好一直步步為營，小心翼翼。這種反覆的練習最大的貢獻，就是促使你愈來愈冷靜、成熟。

人生原本就沒有標準答案，沒有所謂的幸福方程式。你對自己的「判斷力」產生懷疑，無所適從，你發現你選擇甲，或是乙，或是丙，都有得有失，這都是很正常的，你只是終於發現了一個很正確的事實。

曾有一位結婚四次的男人，他一直尋尋覓覓想要找一個完美的妻子。他的婚姻，因為在每一任妻子的身上都找得到缺點，所以和對方離婚，又找了個更接近完美的女人結婚。一直到第四任，他終於定下來了，而且很少再去挑剔對方。

在子孫為他們舉辦三十年結婚紀念時，大家紛紛恭喜他，一生經歷感情波折，終於遇到了接近完美的伴侶，能夠走得長長久久。

這老翁先是笑而不語，在慶祝會後，他和孩子們分享了他的體會。並不是第四任妻子比前三任更完美，只是在第四度的婚姻中，他才體悟到每個人都有自己的特質，每個人都可以從很多的角度來欣賞。你永遠不會知道，遇到下一個人，會不會更契合，算不算是更幸福。因為，那不完全是對方的問題，而是自己的內心，對對方提出太多的質疑，你永遠忙著「改變」選擇，卻不懂得在選擇後的果實裡，品嚐它獨特的滋味。

無論是感情或是事業，在許多當下，我們一次只能選擇一個的時候，那麼就毫不遲疑地向前走去吧，你必需相信自己的判斷，「這是最好的選擇」，因為這種確定的信念，使你不再多疑、沒有懊惱，你踏出去的每一個步伐，才能充滿自信，才能集中精神，去發現裡頭美麗的成分。

記得有一年，在國外旅行的時候，我和同

行的隊友在一個街道蜿蜒複雜的的小鎮裡迷路。

我們雖然看著地圖指南，但是卻和實地的情況對照起來有許多出入，幾度在岔口處都選錯了路，後來乾脆自己摸索，在城裡繞來繞去。因為那樣迷路的過程，我們才發現了地圖之外，還有許多很有特色的小路和人文風情。

現在回想起來，迷路的驚慌已經變得很模糊，印象深刻的，反而是在摸索過程中，為自己的勇氣、隊友的信任而感動，也因為那意外得來的風景和特殊小店的經驗而回味不已。

人生的道路，和真實的道路，有著很相近的哲學。你要容許自己偶爾選擇錯誤，更要在迷路的時候，仍然為自己加油鼓勵，認真繼續走每一步路。這樣，你才有機會去發掘另一片不同的天地，而那也許正是促成你突破現狀的契機。

有時候，你大可開口問人。如果你想成功的機會多一點，那就把你的迷惑說出來，借取別人的智慧和失敗的經驗，幫助自己做一個「比較不會出錯」的選擇。

曾經有一個對自己很沒有信心的學生，在大四那年，問我他的未來該怎麼走？他很困惑，無法幫自己做出決定。他有意把這決定權交給我。

我的責任重大，但卻無法許他一個明確的未來。因為旁人能做的，最多只是分享個人的經驗，給一些建議。人生路程的「選擇權」，是無法讓渡的，永遠都操之在自己的手上。

我只能扮演一個聆聽者、協助者的角色，就我對他的瞭解，無論是課業能力、個性和興趣，以及家庭背景，我為他分析他的籌碼與處境，然後，針對繼續升學、直接就業可能遇到不同的得與失，分析給

他聽。

他聽到每一條路的好處時，都猛點頭，但是一聽到可能損失什麼，就開始猶豫不決。

疑人，疑己。多疑，使自己深陷於困惑，什麼也不能做、不敢做，光是坐著擔心，就會心神焦慮得疲乏虛脫了。這學生畢業後果然在家賦閒了一年，整個人看起來毫無光彩。

人有很多時候，看不清楚自己的問題，也許是因為膽怯，也許是不夠聰慧，也許是對自己沒有信心，這些並不可恥，但至少要懂得把握住「外援」。

讓有勇氣的朋友為你鼓舞；讓有智慧的朋友給你建議；也請值得信賴的親友伸出扶持的手，助你浮出混沌的濁水。但是，你要珍惜這些幫助，善用這些幫助，而且仍然需要透過自己的勇氣，在這些資訊和鼓舞中做個選擇，下定決心。

人生多歧，選擇權的遊戲規則，總是必須持續地運作。不要強求每一次選擇都能是無誤的選擇，但至少要有勇氣去做選擇；你的人生不會凡事都是成功，但至少，可以是一場大大方方的人生。

尋覓溫馨的一隅

如果，你懂得選擇有機蔬菜、知道多和自然親近對自己是多麼有好處，那你一定會想要繪製一張「心靈地圖」，找出幾個充滿生機的地方，讓心靈在受到擠壓和扭曲時，能去那裡暢快的呼吸、吐納。

首先，先培養一個習慣，隨時「感覺」你所身處的環境，包括那裡的氣氛、景致、人群，也去感覺和你在一起的人，想想你們之間說的話，你們的心靈是否契合。

幾次練習下來，你會漸漸發現，表面看起來紛雜擾嚷的城市，仍然有一些角落，具有寧靜、溫馨的氣質，對於想說話的人，它有適當的尺度、光線、舞台和道具，對於聆聽的人，它提供一個舒適的座位。它很動人，使你自然地吐露心聲，釋放情緒，面對困境，並且會想要努力地尋找出口。

你也會漸漸去分別出，身邊的人有好幾種，有些人適合和他談論某種話題，而有些人，適合談論另一種事情。

而且不同的空間情境，分別適合提供給你和不同的對象做心靈的漫步。不同的環境狀態裡，適合和某種交情的人，談論某些話題。它們之間有最恰當的搭配關係，而你是統籌者，要自己去畫出這些連線。

讓自己善於安排運用一個友善的環境，或親手佈置出一個適合招待摯友的角隅，讓壓力在此變得輕盈，感情在此更加深化，使傾訴與聆聽，成為生活中最愉快的享受。

幸福咖啡屋

這世紀，世界上許多主要城市，都瀰漫著咖啡香。根據相關就業研究調查發現，每四個人之中，就有一個人想開咖啡店。街上林立的咖啡館和蝟集的人潮，清楚展現了城市人對它的熱愛。

小小黑黑的咖啡豆成為這世紀的奇蹟，憑它的香？憑咖啡因提神？我認為咖啡的熱門化是附屬的，真正神奇的，是「午茶文化、閒談文化」的興盛。喝咖啡和歐美午茶習慣有著浪漫的連結。喝杯咖啡，意味著放下手邊的事，休息一下，和別人聊一聊。而咖啡館大行其道、商業定位之所以成功，主要在於情境的預設符合了現代人對於溝通和被瞭解的渴求。由於咖啡店，是一種歡迎人們閒談的場所，只要一杯咖啡或一杯奶茶，你可以和朋友聊一下午，也可以一個人獨處到打烊。許多在城市裡找不到歇憩的地方，或是有些事不便在家裡談論的，都約到了咖啡館裡頭。

所以，城市的熱情，有一部分是空間化的，在咖啡建築裡頭所發生的話題和情感交流，往往比在大街上的更激情更貼近生活。

曾去過一間咖啡屋，牆上一幅幅的畫作，近一看全是拼圖拼成的。原來老闆是個拼圖迷，許多作品都是由國外購回拼成的，每幅動輒數百片，費時數個月慢慢拼成。老闆娘也是同好，夫婦一起經營這間充滿理想的咖啡屋，讓來喝咖啡的人，能欣賞到精心的拼圖畫作，也讓拼圖迷來此交換心得時，還有咖啡可品嚐。在那裡可以高聲談笑，用大碗喝拿鐵，

可以輕鬆的坐在長條椅以上，坐姿不一定要很優雅。

一個好的咖啡屋，是獨自一個人去，也能得到恰當的身心安頓。

靜靜與咖啡對望，用湯匙輕輕攪動，看著白色牛奶循著黑色漩渦捲入核心，二者合而為一，結合成溫暖的褐色。你不禁會聯想到，人生很多時候也像牛奶和咖啡一樣，需要「黑」與「白」的調和，而人與人之間的關係，也不是非黑即白的。

有時候，你忽然想起某個很久不見的朋友，也許曾經暗自對自己說不會再想他，但現在你卻想知道他過得好不好？人在何處？甚至，你希望他還記得你。

你曾深愛過的，有時卻覺得現在忽然不再那麼愛他了，但也並不至於是仇視他。你有時想念某人，又想忘了某人。

你用張三的溫柔，去對照李四的粗心，用王五的多金，去對照趙七的貧寒，你又不禁用小二的幽默，去排斥老六的嚴謹。

「感情的拼圖」，豈比牆上那些百餘片的風景拼圖單純？感情拼圖，有時更瑣碎，但拼出的花樣也更豐富。

像在咖啡裡分辨乳香，在咀嚼紅茶裡的檸檬片時，無法一言說清到底是香是苦，是酸還是甜。

曾有朋友說：「我很想喝杯咖啡，但是常常懶得出門，尤其是下雨天。」其實，何須因雨濂而擋住了美好的閒情呢，「把自己家裡佈置成咖啡館吧。」我這麼建議她，後來送給她一塊印著粉紅玫瑰和紫蘿蘭交織的花布，讓她在自家窗邊，擺張小桌，架上一盞小燈，闢出了一個幸福咖啡館。她很愛這角落，還特別擺下另一張座椅，靜候著有緣的人。

我改裝過一張有輪子的小桌子，它用薄杉木板釘成，保留著樸質

的木材紋理，早上，我把它移到東方的起居室，那裡上午的陽光充足，隔著一道陽台使陽光變得柔和，很適合我寫作。午后的時間，陽光逐漸轉向西南方的書房，我推著小桌，到那裡閱讀書報，畫些插畫，也品嚐自己製作的下午茶。

定做一個屬於自己的「行動咖啡館」，隨著陽光的變化而游移，也可以追逐夜晚的月光變化位置。再準備幾組不同花色的咖啡杯和點心盤，在不同心情的時候，在不同的朋友來訪的時候，你的私人咖啡屋，更能展現出不同的風情。

Lounge小酌

Lounge，是一個現代人下班後品嚐葡萄酒、調酒的小店型態，酒精慢慢地昇華，心靈，慢慢地沈澱。在這裡，可以舒適地被酒精軟化、加溫與解構，重組對自己的生活構像。尤其不愛喝酒的人也值得來，一杯小酒，少量的酒精，就可以陪伴你整個夜晚。

我很少喝酒，但是如果要我在酒裡挑一種來形容自己，我想，我想像香檳。像香檳一樣，瞭解「慶祝」某件事的快樂，然而，這種快樂的感覺不會像香檳的泡沫一樣消散，而是昇華成一種難忘的記憶。我喜歡蒐集這些記憶，我儘可能使自己每一次回顧時都能微笑。

有一回，在幽暗神祕、頹廢而華麗的某家Lounge氛圍中，我和Sue一邊品嚐調酒，用舌頭舔噬杯緣的粗鹽，空氣中瀰漫著放肆的情緒，我們的血液活絡絡地，和杯中物一樣鮮紅而濃烈。多數女人嘗試的第一杯調酒，是「血腥瑪麗」。這並不是一個唯美的名字，就像女人也不單是美麗而拘謹的。女人，有屬於自己的野性，也許在穿著蕾絲花邊小裙的女孩時期，會因為聽說紙娃娃會掐人脖子而尖叫，直到愈來愈成熟，愈來愈瞭解自己的內在，對於掐人紙娃娃卻有種異體同形的契合感。

雖然最初只是為了研究Lounge現象，來到這小小的品酒店，卻因而使我再次感到自己深深熱愛城市的生活。城市，對現代女人來說是個好環境，比鄉村多了許多提供和男人平起平坐、共享相同樂趣的地方，甚至，城市鼓勵女人比男人坐得更高，冒點險，卻又不失優雅。

現代女人，多數都是很願意狂野的，而多數狂野的女人，並不一

定會去玩弄男人，頂多只是看著舞男們如何擺弄自己。畢竟，女人很精明，鮮少為了縱慾而降低自己的精神情操。

夜店常客Belly這麼說：「台灣男人沒啥好挑的，多半都是要身材沒身材，要人才沒人才，要口才沒口才。」Belly的妹妹是個務實的女人，在各方面都是，她補充了這麼一句：「而且，要比『尺寸』，也比不上老外。」如果你並不認同她的說法，就當她是酒喝多了。

有時候，以舌頭和適度的酒精戲耍，是一種情趣。酒後不醉，緩緩吐露真言，則是一種感性。

尤其平常拘謹的人，偶爾到這樣的地方坐一坐，體驗一下截然不同的情調，你將不再只是平常扮演的角色，不再是顧家的配偶、努力的工作者、永遠走最近一條路回家的效率主義者。你會發現，原來自己也有拉丁的狂野，巴西的慵懶，和義大利的慢慢慢。

在夜晚的時候，敬自己一杯小酒，那一點點薄薄的酒精，有時候，可以使你的思想傾一個角度，你的人生也許就有些新的體悟，新的冒險。

你的秘密花園

每一個環境，都含有許多奇妙的元素，組成屬於它自己獨有的氛圍，觸動你心中某一個點、某一段記憶、啟動你某一種情緒。

每當我感覺自己的心快要失去彈性時，特別喜歡到公園裡的遊戲場走走。聽聽孩子們的笑聲，看看他們紅通通的小臉流著快樂的汗水，看看他們追逐、奔跑的樣子。那個看似不再屬於成長後的人該流連的地方，但是只是凝視著，默默坐在旁邊觀看，卻依然很懂得那裡頭的歡樂。

想想，如果在一個遊戲場裡，有五種遊樂設施，你最想玩的是哪一種？大象溜滑梯、翹翹板、鞦韆、爬杆還是旋轉地球儀。

你最喜歡玩哪一種遊戲呢？讓自己陷進想像裡，陷進一個肉體也許不能重返，但心靈卻能自由徜徉的幼年情境裡，超越時空的侷限，超越年齡的捆綁，無論現在幾歲了，你都有權利去重返心靈裡的遊樂園。

溜滑梯、翹翹板、鞦韆，小時候，我每個都搶著玩，也許是一種本能的貪心，卻不是真的清楚自己內心需要什麼。

時間催著我一路成長，無論是身高、體重的遽增，如今站在這些遊樂器具前，已顯得很突兀。然而幸運的是，人的眼睛是往前看的，只要不去照鏡子，我很容易忘記歲月加諸在我身上的變化，我仍然可以每天都活得很天真。唯一我一直無法決定的是，要在自己家裡定製哪一種遊樂器具?這對凡事喜歡有個答案的我來說，一直是放不下的小困擾。

直到有一年，我曾和一個愛爬山的男人約會，那是我們第一次正式的約會，竟然是去爬一座有八百多石階的小山。當愈來愈接近頂端時，我的雙腿已開始發軟，連眼眶都在顫抖。在最後那幾階，我的視線一寸寸看見了山頭的平坦處，我心裡想應該會有個涼亭，讓我歇歇腿，最好有些攤販讓我喝個涼水。此時，卻是一幅奇異的景象呈現在眼前，山頭竟然有好幾具鞦韆，而鞦韆板，是唯一可以坐下來歇憩的地方。

是哪個童心未泯的人扛上來的？我霎時有種遇到同好的驚喜，原本因為這個不浪漫的約會醞釀出的微微惱怒，一下子全化為烏有。

我小心翼翼坐上那已經生鏽的鞦韆，假裝沒有聽見環扣沈重的呻吟聲，我愈盪愈高，山腳下的房子變得好小，我像是要飛躍山崖、飛向藍天。

盪呀盪呀，盪向藍天，又退回地面，盪向藍天，又退回原點，在海拔二百多公尺的小山頂端，來來回回反覆畫著弧線，就當作是送給藍天的微笑吧。我愈盪愈瘋狂，拂面而來的涼風愈來愈涼快，在一次次的拋離中，感覺自己脫離了現實，像個擁有全新生命的孩子，我不斷地向藍天白雲訴說著心中的夢想。

夢想也許是虛幻的，快樂卻是真實的，我始終因為懷抱夢想而快樂。在這一刻，我終於確定那個從小懸而未決問題——我最愛的原來是鞦韆沒錯！

每一次往上盪時，我的心充滿了動力和無限憧憬。我愛那種感覺，想超越現狀，想抖落哀愁。

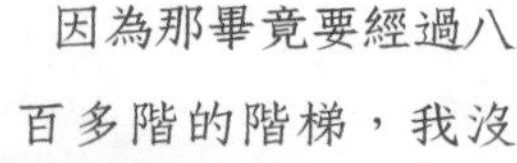

因為那畢竟要經過八百多階的階梯，我沒

有再上過那座山。但是卻常常在孩童稀少的公園，偷偷盪幾下鞦韆，過過癮。有時候，我會想起一個悲觀主義者Lou，他總是擺出辛辛苦苦、嚴肅正經的樣子過日子，他說辛苦是人生的宿命，他嚴肅到連焦慮都很少，他冷得令人不知該如何去溫暖他。

他常掛在嘴邊哼哼唱唱一首歌，裡頭一段歌詞這麼說到：

「他們說世界上沒有神話，
他們說感情都是虛假，
他們說不要做夢，不要寫詩，
他們說我們都已經長大……」

每次Lou唱這首歌的時候，眼神好迷濛。我一點也不認同他，「不要拿『長大』當作你不快樂的藉口。」我曾這麼對他說，正是因為我們都長大了，不得不面對生活裡現實的一面，難道，不更該給自己一些想像的空間，讓心靈能快樂的呼吸一下嗎。

我願意相信神話，
我願意相信世間有真摯的感情，
我願意做夢，我樂於寫詩，
正因為我們都已經長大。

浪漫，是懂得調適自我的人最棒的能力。即使有些是泡沫式的夢想，也許一輩子也無法實現，但卻也能為你帶來騰雲駕霧般的快樂。

每天戰戰兢兢的工作之餘，何不也撥出個五分鐘，發個小呆，做個小夢。每天下班之餘，何不在長長的下班路程中，拐個彎，到公園裡坐坐鞦韆，搖一搖，舒活一下筋骨，仰頭看看夜幕上一顆顆閃亮的星子，在屬於你的夜晚裡，好好幻想一下；在自由的想像世界裡，慢慢膨脹自己、膨脹幸福。

信仰殿堂

冬天接近尾聲時，冷氣團的威力一日不如一日，元月的最後幾天，是我近幾年來少數熬夜最徹底的幾天。為了一個展覽會場的佈置，直到快天亮才完成工作。走在清晨街頭，我頭昏腦脹，疲累卻睡不著，肚子空空的卻不想吃東西，心裡有點空洞，卻不想去打擾誰。此時，腦海浮出一杯香醇溫熱的奶茶畫面，喔，那是我最喜歡的一種飲料，每天至少得喝上一杯、喝上一壺。與其說，這是一種癮，不如說是一種相信。

喝熱奶茶的時候，常使我意識到自己的心靈，原來有一種需要被溫熱的渴望，因為和奶茶之間有這樣的共鳴，每喝一回奶茶，我便覺得又振作了一次。

「去喝奶茶」的念頭，使我不自覺的加快腳步，一路上閃躲著路上那些前夜狂歡後散落的垃圾，經過幾間還沒開始做生意的咖啡店，我有點失望，又開始頭昏眼花、有點恍惚。不自覺地，跟著一個陌生人走了二個街廓，後來竟興起看看他要做什麼的念頭。

隨他進了一間便利商店，在雜誌櫃前翻閱幾本娛樂雜誌，又到飲料區挑了一罐綠茶，然後在店門外抽了一根煙，打了一通電話，走過對街，又步行一段路，走進一間烘焙屋買了一袋麵包，出了麵包店之後，他把嚼過的口香糖丟在路邊的花壇上。直到他轉進一間看起來建築老舊的教會，我則沿著人行道繼續走，結束了這場沒有主題的清晨跟蹤。

雖然，只是一個片段，但已看得出他和我的生活、他和我的偏好、行為習慣，有很大的不同。

每個人都有自己的生活情調，這也是我向來對各類型的人都感興趣的原因。因為每個人「不同」，人生顯得很寬闊，生活很多變，心情也可以往任何角度去馳騁。這樣的相信，能使你的心靈，如一座光明的殿堂。

我有時想起那男人手上拎著那一大袋麵包，大包得不太尋常。然後他走進教會，也許，是要和教會裡的教友一起分享。我幻想著那溫馨的畫面，在教會裡分享麵包，分享心情，共享相同的信仰，多麼棒。這和過去台灣早期的苦日子，許多人上教會是為了領救濟米糧很不同，現代人上教會，一方面是為著精神的依靠，一方面是為著友誼的交流。尤其有共同信仰的神，陌生人之間得以跨越心防，陌生人甚至可以成為彼此精神的依靠。

曾有一位婚姻不幸福的女性，對於丈夫工作不順遂、荒業在家好長一段時間感到很苦悶，她每天工作、養家，覺得自己就快要累倒了。她不願意向父母訴苦，怕年邁的父母擔心，她也不願意對朋友訴說，因為她一向愛面子，不希望別人同情她。

有一位同事邀請她一起參加她教會的假日活動，她抱著打發時間的心情答應了，在教會活動中，她和一些素不相識的婦女們聊天，大家都很友善，也談論著自己的家人，這苦悶的女人聽了聽，大家都有自己的煩惱，卻保持著樂觀的心。她也不再顧忌，向大家說出自己對生活的無力感。教友們都很關心她的遭遇，也安慰她、鼓勵她，讓她覺得心情好溫暖。從此，她變得很喜歡上教會。

在教會裡，她可以盡情的說出內心的感受，她可以邊說邊流淚，回到家時，她的心情平靜多了，能夠把以前吵架的氣力，轉化用來勸導丈夫。

許多信仰佛法的人，也是如此受到精神扶持。走進佛堂，一方面求的是神的庇佑，最主要的，是在那樣肅穆的環境裡，自己能莊嚴、虔敬起來，心靈變得踏實而平靜。

小時候，看故事書上說 ：神仙住在天上。所以閒來無事，就喜歡躺在草地上仰望天空。藍天白雲，像是紅塵俗世的天花板，也應該就是天堂的地板吧。我第一次搭飛機出國時，飛機鑽進雲層，一層、兩層、三層，有些紋理像是雪白的沙灘，有些雲朵翻捲如海浪，有的蓬鬆地像是棉花床，但是沒看見神仙，也不見天堂之美。

儘管如此，我仍希望真有神話。在這已有衛星科技的年代，保存著無傷大雅的迷信和玄疑，有時是一種美好的遁逃路徑。

即使不上宗教殿堂，在家裡，也可以為自己佈置一個位置，在那裡，你常常冥想你所相信的信仰，也許是一句格言，也許是一種善念，在那裡沈澱你的情緒，澆灌你的希望，栽培你的幸福之樹。

甚至，窗戶就是你的殿堂，心情鬱悶時，往外頭看看，讓陽光照亮你蒼白的臉，讓路上經過的行人，勾起你對人生更多的想像力。

每天睡前，舒服地躺在床上，床就是你的殿堂。默默感謝一天平安渡過，勞累都已結束，接下來，祝福自己一夜好夢，相信好夢會帶給你更美好的明天。

假日時，常去那些能激發你對生命信仰的地方走走，為自己構築一個有信心的、光亮的心靈。到教堂、寺廟，看看專心祈福的人虔誠謙卑的樣子，看

看那些懺悔的人真心悔過的模樣。那時候，每個人看起來都很祥和、很良善，世界看起來應該可以很美好。

也許有時候，你會懷疑那些許下的願望，那些流瀉出來的苦楚，神明真的聽到了嗎？其實，你身邊的親人、朋友們，都會聽得到的，他們會關懷你、會用溫柔和體貼來撫慰你，他們會先成為你生命中的光明天使。而你的心靈，也就是你自己的「隨身聖殿」，有時候不必等待別人給你幸福，你只要許願自己勇敢，你就會變得很堅強；你許願自己要快樂，你就會變得很快樂。相信，能使你充滿力量，使你的生活充滿很多很多的奇蹟。

洗滌身心的天堂

現代的包裝美學，是一層層的遮掩法，也是一種美麗的負荷。

當你回到家，關上門，開始踢開高跟鞋、褪去絲襪，摘下耳環、項鍊，脫掉外套、襯衫，卸除眼影、粉妝，洗澡前，連內衣也一併褪去。看著鏡中的自己，你頓時發現你活在多麼大的落差之間，原來自己的本來面目是這個模樣，是這麼輕盈、這麼一無牽掛。

赤裸的胴體，擁有衣裝飾品所無法展現出的純真，就像一朵玫瑰，擁有一束玫瑰所缺乏的清麗。而沐浴對城市人來說，尤其是一種恩賜。

走進浴室，連拖鞋都甩開，進行你每天不知不覺，卻又自然而然的洗滌，把香皂輕輕抹在身上，一寸寸地，順便輕柔地作一番按摩，和每一寸肌膚說些親密的話，愛你的眼睛、鼻子、嘴唇、肚臍和臀部的曲線，愛你辛苦奔波的腿、愛你老是被擠在鞋尖裡的腳指頭，也愛你的秀髮、你的眉毛。你細細地愛過自己全身一遍，更會發現自己好珍貴，好值得被疼愛。而心靈，在此刻，也會隨之一層層的開露、綻放，變得通透又澄澈。

適度的自戀，有益身心健康，在浴室裡，每個人都是自己世界的國王和女皇。我每天對自己最仁慈的時間，就屬這段沐浴的時光，有時候也感嘆一天之中，竟然只有在這樣短暫的片刻，可以坦承地面對自己，一無牽掛、一無遮掩，而且，很自然地，我會思考起人生所圖的最終是什麼？自己付出的，是否都無願無悔？這種自我逼視，使自己變得更坦然，這是我在一天大部分的時間裡所感受不到的。

偶爾，我會在浴室待得更久一點，把身體沈入滴了玫瑰精油的浴缸裡，全身放鬆、四肢癱軟、眼皮下垂、什麼也不再想，心甘情願做個健康的廢物，聽清澈的水從出口流瀉而下，淋在我頭上、經過我毫不掙扎的眼縫，順道帶走我所看過污穢的事、沖走我內心潛藏的骯髒思想，然後隨著廢水流入黑暗的管道。

赤裸，是一種多層面的美學，牽動著身體，也左右著心靈。身體的赤裸，使心靈也自然地褪去遮掩；心靈的坦然，也等同於解放了全身上下千萬條經絡，回歸最單純的原點。

若是有機會和某人一起沐浴，也是關係上一項重大超越。和情人一起鴛鴦浴，貼心的為彼此按摩，說說親密的話，平常工作上的煩憂頓時煙消雲散；和小孩一起沐浴，一起玩玩水，親密的肌膚接觸，讓孩子更有安全感、更能親近父母。

有時候，甚至可以超越浴室，和要好的朋友一起去洗洗溫泉，能坦承相見的朋友，在舒筋活骨的溫泉中，心也舒開了，話也說開了。

每天，每個假期，都騰出一些時間，卸下面具、武裝，褪去包裝、巧飾，好好看看自己，看看內心真實的樣態，發現自己內心的祕密花園。也許是半小時、或是一個小時的沐浴時間，和自己的身體與內心好好的面對面，這時候，不要再自我安慰，不要自我欺騙，也不必在意面子和尊嚴。對於那些經過刻意逃避，卻始終未獲得解決的事，不如就在這個時刻面對它，看清楚它的傷勢，想一想該用什麼藥。所有的情緒壓力，都是在勇於面對它、處理它的之後，才真能放下、釋懷，得到最好的舒解。

街談巷議

曾和一位熱愛自助旅行的朋友，蒐集了世界上許多國家的城市地圖。從每張地圖上看起來，都會發現街道系統的紋理，賦予了每個城市不同的臉譜。愈是歷史悠久的古城，街道通常愈是彎彎曲曲；而近代經過都市計畫過的新興城市，則多半是理性規則的垂直水平交叉。

地圖，是為了讓我們更容易遊走於真實的街道。有些地圖和地鐵索引繪得精緻如一本圖畫冊，而實際街道上活生生的人、來來往往的車、熱熱鬧鬧的小販和交織喧囂的聲音，才是真實而有深度的世界。

現代的街道，不再如早期功能簡單，只為了交通之便，後現代的街道，宛如一條商品競秀的櫥窗隧道，街上遊走的人，也不只是低頭趕路，更懂得利用這個舞台展演自己，以及窺看他人增添樂趣。

大街人多、事多、物多，無論你到哪裡，隨處一坐、一望，處處都像是展覽場、處處都是人生百態。從家庭主婦的串門子八卦、青少年群集的吹牛扯蛋，或是上班族洽公後的歇腿閒聊，街道上的哈拉文化洋溢著輕鬆隨意的氣息，為了談話的聲音能壓過呼嘯的汽車噪音，談話的人也因此靠得更近，無形中變得更親密。

關於街道，我聽過兩種看法，有一派人說：心煩的時候不想出門上街，因為街上太亂太嘈雜。也有人說：每天一定要到街上走走、看看，才不會悶得慌。對於這個爭議我毫無意見，這個爭議本身也為逛街增加許多張力。

最初，我的走街習慣，是為了職業上的

需要，常和設計界同業一起觀測台灣的建築風貌。

後來，幾次有朋友提議要一起走一段路，我們並行走著，一邊看看街景，一邊聊些白天沒時間說、晚上回家後也許也沒空寫E-mail的事。有時因為路途還長而多聊了一些，有時則因為想多聊一些，而走得比平常更遠。在路上雖然沒有辦法安安靜靜、不受打擾的談話，但並不代表所談的都是些不重要的事，我在路上就談成過幾個案子，而和美倫一起走過的那段路程，是她對前途抉擇最徬徨的時刻。我們一路上越過好幾個街廓，聽她無助的發牢騷，我試著營造幽默輕鬆的氣氛，並在裡頭夾藏一些激勵的暗示。在路樹的陰影中，我們踩著透射下來的點點陽光，沿著人行道，隨性所至的左轉、右彎。直到一個寬闊的十字路口，我停下腳步，拍拍她的肩要她加油，她看起來精神振作多了，要我別再擔心。

我往右轉了過去，回頭看看，她繼續直直地往前走。我心裡默默的祈禱，希望在她決定穿過馬路的時候，也同時能在抉擇的十字路口走出新的人生方向。

現在的她，在新的工作上做的很好，雖然工作充滿挑戰性，但那是她所樂於接受的。她回憶起來說到，如果當時我沒有陪她走那一段路，陪著她好好釐清自己的心情與個性，她也許會因為一時消極回鄉下去，讓父母以婚姻安排她這小女人的未來。

雖然，在街上漫步，時而有莽撞的小孩從中間擠過來，或是不小心被別人的雨傘勾亂了頭髮，然而，街上有街上的成就。有些人忙碌必需利用交通時間和你交談；也有很多人以大街散步來治療憂傷，而且需要有個同行的良伴。

即使有時候，你有機會落單，一個人走路，但這其實並不會太孤單，因為街上總是有足夠多的事情，衝擊著你，讓你想和自己的內心說些話。

在台灣的城市裡，平均每一兩個街廓就有一個便利超商，你也可以去裡頭翻翻雜誌，或是從口袋拿幾枚銅板，投進櫃台的慈善募款箱，做件善事。

從前，空瓶回收還有獎勵金。一個婦女在送完小孩上學後，便開始執行自己訂下的「貼補家用」計畫，從小孩學校的街口一路撿拾被丟棄的瓶瓶罐罐，路邊的垃圾桶也掀開來看，直到蒐集滿滿一袋，她就很高興的拿到便利商店換取回收金。一天幾十塊，一個月下來也有幾百塊錢，家裡的水費、瓦斯費就有著落了，也可以用這些錢多買幾瓶牛奶，給孩子補補體力。

大街的底下還有一層世界，地下道裡流動的人依然像路面上的人那樣行色匆匆，同時，也照樣有行乞者，他們的懇求聲在地下管道中迴盪，尤其當銅板掉進鐵碗裡的聲音，使這繁華的城市憑添幾許虛空的蒼涼。曾有一位老婆婆坐在舖開的報紙上，以黑布包著頭，身邊一盞暈暗的燭火，她懷抱著陳舊的月琴，乾枯的手指撥弄著琴弦，蒼老而高亢的嗓音唱著聽不清歌詞的曲調，有時我經過那個路段，常常特別多走一段路進入地下道裡，想給她多一點零錢。我總是不禁停下腳步，心疼著這人間滄桑的悲涼，「她的孩子呢？親人呢？」然而我怎麼也開不了口問這問題。有兒有女的人，晚年也未必是有依靠的，想到這裡，我對自己的晚年，頓時充滿「自立自強」的期許和失落感。

老婆婆彈完一曲，把月琴擱下，伸長佈滿褐斑皺紋的老手，那隻撥動琴弦的手，

顫抖的把鐵盒裡的幾張鈔票和銅板塞進褲子口袋裡。她抬頭看看我，戒慎恐懼地說：「錢要趕快收起來，不然會被搶走。」我紅著眼眶慢慢地離開她，步出街底的世界。走在回家的路上，不斷感覺自己的心無底的陷落。

人外有人，天外有天，比上不足，比下有餘。在街上，你可以看見別人的不幸，也看見自己的幸福。

當你在屋子裡感到茫然時，何不走出屋外，到街上走走，那兒有許多事實會告訴你，你偶爾遇到的小崎嶇，根本不算什麼。

祝福你，在街上端看百樣人的時候，也能從他們的百樣人生裡，發現自己生活在城市裡最適合的姿態，享受它所帶來的豐富。

「食」話實說

柔軟的三寸之舌，可以說出許多安慰人心的話。

柔軟的座椅，可以擁抱你的脆弱。

柔和的音樂，使你身心放鬆，陶然忘憂。

而柔軟的咖啡泡沫、蓬鬆的蛋糕，可以提升你的血糖，使你心情愉快。

食物和說話，都是人類最原始的一種慰藉方式。我一向喜歡英國人喝早茶的習慣。喜歡法國人坐在街邊品嚐午后咖啡，一面欣賞太陽落向地平線的悠閒。也喜歡德國夜晚人聲鼎沸的啤酒吧。這些都是一天中很棒的時光，讓人口腹滿足，身心放鬆，不自覺地想和身邊的人說說話。

所以，一天三餐之外，我會再剝出幾段縫隙，把手邊工作擱下，休息片刻。喝點茶，潤潤喉，吃點簡單的輕食，解解鬱。利用這段浮生片刻閒來好好的整理一下思緒。

我也喜歡準備茶點，像是為假日早晨的家庭時間，準備早茶和餅乾；平常為午后和朋友談天，研磨咖啡和挑選蛋糕；有時也為夜晚得獨自面對自己時，準備一杯薄酒。這些輕食足以養性、養身，我總視為心靈治療與養生的妙方，也常建議給朋友和讀者。

前不久，有一雜誌「飲食男女」專欄找我給意見，我想她真是找對人了，雖然，在美食專業上我是半路入行，但在生活的實踐上，我可是很符合現代男女怡

情隨性的特質。

雖然，這年頭流行瘦身，有人甚至冒險去「刮腸抽脂」，然而，有些額外的「熱量」，仍是值得承受的。平日積壓得太緊密的情緒能量，必需抽出一些時間來舒解，使自己有空間恢復彈性，也使小小的低潮，都能很快地隨著血糖一起攀升而起。

在工作和家事之間，撥出一點空檔時間，喝點什麼，吃些糕果，自然使忙碌的頭腦放慢運轉的速度，也放鬆了緊繃的情緒之弦。如果時間足夠，和來訪的友人一起準備茶點，也是很不錯的主意。

廚房和餐廳，比起客廳更容易使人變得親密。一邊動手做，一邊試吃，一邊說說聊聊，尤其一些嚴肅、感傷的或是尷尬的話題，透過食物的美味和廚房親切尺度，能獲得很好的調和與潤化。

有一回，我為了即將來訪的好友Linda煮紅豆粥，紅豆對女性尤其滋補，這位朋友又容易手腳冰冷，紅豆對她很有幫助。她還會帶著她那早熟愛漂亮的小女兒來，因此，我特地提前把紅豆泡了一整夜，再用小火在爐上慢慢地熬煮，期待煲出一顆顆柔軟又完整的紅豆仁。

她們來的時候，要求紅豆湯要甜一點，於是加糖後又送上爐子小煮片刻，在等待的時間，我們一起看新一季的床單型錄，討論如何使自己的臥房變得更清爽美麗，不知不覺中，我們又翻出相本，笑著以前出遊發生的趣事，忽然間，聞到一股濃郁的焦味，「是紅豆粥！」我們對看一眼，急忙衝向廚房。

用勺子向下打探，一部份豆子已黏在鍋底，化為一團硬渣，「好香呀，快來吃吧！」好友毫不嫌棄地微笑吃著，還幫女兒也盛了一碗。不知當時她是多忍耐的吃完那碗焦糊糊的紅豆粥，不過，那可是因為友誼的熱情給燒忘了的紅豆粥哪。

Linda原本對自己的手藝很缺乏信心，總是找盡各種理由遠庖廚。這回因為我這寫過幾本食譜的人竟燒糊了一鍋紅豆粥，她倒有了信心，也開始自己下廚做菜、做餅乾了！

人生處處是意外，也時時有驚喜。

隨時隨地，不要忘記放鬆心情，溫柔的面對生活。

有時候，看看花園裡盛開的海棠和桂花，那麼熱烈，又那麼芳香。如果，你沒有花園，那麼看看窗台旁竄出的雜草和野花，多麼知足，多麼可愛。剪幾枝進來插在小杯裡，淋上幾滴水珠，整間屋子便會洋溢著溫柔和喜悅，你的心裡，也會揚起一曲柔美的旋律。

要讓自己活得像一支快樂的小花、像一首輕柔的歌，用柔軟的心結交朋友，用柔和的微笑、溫暖的話語，使他們也活得像一支快樂的小花、像一首輕柔的歌。

| 謝誌 |

感謝所有在生活中啟發我的人。

感謝我的母親、家人和小翰翰給我的愛。

感謝編輯部的協助和催生，尤其是淑雯。

這本書的價值，是許多有心人一起促成的，願與所有知性、感性的讀者一起分享美好的人生。

後記　啟動你的情緒磁場

母女，父子，愛人，姊妹，朋友，知己，只要是彼此相愛的人，都是情緒相連的雙胞胎。當你板著臉時，他的心情也會跟著跌到谷底。他開心時，你也會莫名的愉快起來。

這就是心靈能量的互動，情緒的感染力。「壓力」，是會傳染的；「樂觀」，也是會傳染的。不要對你愛的人，以及愛你的人「情緒勒索」，儘可能傳播你的歡欣，不要因為自己的消極，而讓對方也不開心。不要只爭金錢報酬，要在意的是「情緒報酬」，好的情緒，才能造就好的生活品質，以及優質的人際關係。能把快樂的想法傳遞給別人，使他樂觀起來，他也會對你顯示友善，使你感覺很愉快，這就是最佳的「情緒報酬」，若是一味的只把苦悶傳遞給別人，增加了另一個痛苦的人，這是可怕的「情緒報仇」。

Cindy，是我朋友中最多愁善感的一個。她有一顆善良的心地，細膩的知覺，和起伏不定的情緒，每次見到她，你會覺得世界不斷的丟出問題，陽光永遠與陰霾在搏鬥。

有一天，她用幾乎顫抖的聲音對我說：「你知道什麼是家族命運嗎？我好怕我自己身上的血液和基因，會使我自己不自覺的重蹈我父母的缺點。」

悲苦沈悶的父母，造成悲苦沈悶的家庭氛圍，也孕育出消極、沈悶的子女，循環著悲苦性格導致的種種不幸福感。這種說法並沒有誇大家庭的影響力，家庭、父母對子女的影響力非常大，尤其，對於自身所處的環境毫無警覺的人，特別容易陷溺在外在環境的條件裡，而且毫無自拔的意識。他的苦悶習慣悲觀的想法會再感染他的朋友、親

密愛人、子女甚至是孫子。一個人，可以造成許多人不快樂。

除非有這樣的自覺，才能斬斷這種情緒的連結，讓自己的情緒品質提昇，讓自己成為一個擁有好磁場的人。

Jams和Cindy有很大的不同，他一向是乾脆的，簡約的。他把生活簡化成生存，他不太受到自尊的束縛，他把失敗也和成功一樣歸納進經驗的簍筐裡，他很少感到疼痛不快。他的表情不像Cindy那麼豐富多變，他往往把很多複雜的感受沉澱後，轉化為一種沉穩的微笑。看到他的人，也往往感覺到輕鬆而溫暖，而樂於和他親近。

Jams也有低潮的時候，但是在人前，他提供了一個正向的情緒感染力。一個樂觀的人，也能使他身邊的人時時感受到快樂和希望。

人生世事，都是多角度的，沒有一件事情是絕對的苦或樂。學習轉渡自己的情緒，學習隨時樂觀的看待世界，也學習欣賞人生的「瑕疵美學」，學習在談論充滿瑕疵的生命時，仍能保有一份坦然而感謝的心情。

有時候，讓自己在煩囂中消失一下，讓自己的心，在計較得失的天秤上缺席一下。到山裡去，往海邊走，學過的一切，所知的一切，既有的思考邏輯，全都先拋開。換一個環境，換一個時空，你會有不同的想法，你波動的情緒會逐漸撫平，你的身心，會漸漸覺得舒服，開闊。

隨時保持坦然而喜樂的心，正面的情緒能量，將帶領你超越昨天的自己。隨時自找快樂，分享其樂，人生必然是一種享受的過程。

心靈散步地圖
A SECRET MAP

心靈散步地圖
A SECRET MAP

心靈散步地圖
A SECRET MAP

心靈散步地圖
A SECRET MAP

心靈散步地圖
A SECRET MAP

心靈散步地圖
A SECRET MAP

廣　告　回　信
臺灣北區郵政管理局登記證
北 台 字 第 8719 號
免　貼　郵　票

106-□□
台北市新生南路3段88號5樓之6

揚智文化事業股份有限公司　　收

□□□-□□
地址：　　市縣　　鄉鎮市區　　路街　段　巷　弄　號　樓
姓名：

書號 L1102　　書名 心靈散步地圖

葉子出版股份有限公司

讀・者・回・函

感謝您購買本公司出版的書籍。
爲了更接近讀者的想法，出版您想閱讀的書籍，在此需要勞駕您詳細爲我們塡寫回函，您的一份心力，將使我們更加努力！！

1.姓名：__________

2.性別：□男 □女

3.生日／年齡：西元______ 年_____月 _____ 日____歲

4.教育程度：□高中職以下 □專科及大學 □碩士 □博士以上

5.職業別：□學生□服務業□軍警□公教□資訊□傳播□金融□貿易
□製造生產□家管□其他__________

6.購書方式／地點名稱：□書店_____□量販店_____□網路_____□郵購_____
□書展_______□其他____

7.如何得知此出版訊息：□媒體_____□書訊_____□書店_____□其他_____

8.購買原因：□喜歡作者□對書籍內容感興趣□生活或工作需要□其他

9.書籍編排：□專業水準□賞心悅目□設計普通□有待加強

10.書籍封面：□非常出色□平凡普通□毫不起眼

11. E－mail：______________________________________

12喜歡哪一類型的書籍：______________________________

13.月收入：□兩萬到三萬□三到四萬□四到五萬□五萬以上□十萬以上

14.您認為本書定價：□過高□適當□便宜

15.希望本公司出版哪方面的書籍：____________________

16.本公司企劃的書籍分類裡，有哪些書系是您感到興趣的？
□忘憂草（身心靈）□愛麗絲（流行時尚）□紫薇（愛情）□三色菫（財經）
□ 銀杏（健康）□風信子（旅遊文學）□向日葵（青少年）

17.您的寶貴意見：

____

☆塡寫完畢後，可直接寄回（免貼郵票）。
我們將不定期寄發新書資訊，並優先通知您
其他優惠活動，再次感謝您！！

根

以讀者爲其根本

莖

用生活來做支撐

葉

引發思考或功用

獲取效益或趣味